自分を生きれば道は開ける

内なる声の導き

サミー高橋

明窓出版

編集：明窓出版カナダ支店
Meiso Canada Publishers

プロローグ

一冊目の著書「きっと君にもできる」を出版してから六年が経ちました。一冊目で自分の人生を集大成した後は、比較的平穏無事の人生が続くものだと思っていました。ところがまさかのリーマンショックの影響をまともに受け、順調に経営していた五校の学校が、あっという間に倒産寸前の危機に見舞われました。これまで数多くの若者たちに教育者然として夢を語り、共に夢を追い続けてきた私が突然、ＴＶのニュースで土下座をして申し訳ないと謝罪する、そんな不様な姿を見せることだけは何としてでも避けなければならない。私企業だから経済の影響を受けて倒産することはあり得るとしても、私を信じてがんばっている若者たちだけは裏切りたくない。ところが、追い討ちをかけるかのように病が襲い、医者からは肺がんの疑いがあると言われ、これでもはや万事休すかと思いました。

しかし私の事業が自分のためだけでなく、人のため、世のために役立っているのなら、きっと天は私を見捨てはしない。そんな思いで打てる手は全て打ち、あとはひたすら、心を無にして祈り続けました。まさに「人事を尽くして天命を待つ」でした。その過程を経て私の信念はますます強固なものとなっていきました。そしてあきらめないと決意した結果、宇宙のよき計らいがあり、絶体絶命のピンチから救われました。スターウォーズの第一作目の映画のなかで、オビ・ワン・ケノービがルークに〝Luke, use your force.〟と言うシーンがありました。絶体絶命のピンチを迎え、万策尽きた時に、ルークは自分の宇宙船のコンピューターをシャットダウンし、心を無にして内なる声に従います。私にはあの感覚がよくわかりました。

二〇一二年十二月二十一日、マヤ暦上の大きな区切りが無事終わり、新たな時代が始まりました。この新しい時代は水がめ座の時代とも言われ、日々私たちはスピリチュアルな感覚を磨いていっています。この本で紹介する私の話の多くがスピリチュアルな体験に基づくものであることから、読者の方々が宇宙のパワーの存在に気づき、「内なる声」を信頼し、耳を傾け、「自分らしい生き方をしていいのだ」という勇気と確信を持っていただければ私の役目が果たされたと言えます。

二〇一三年春

サミー高橋

目次

私が学長をしていた英語学校卒業生の声

不可能はない！　自分には何でもできる！　と心からそう思わせてくれたのがサミーでした。何度もサミー塾に足を運ぶことで哲学が「意識」の中で根付き、カナダでの留学経験を経て、揺らぐことのない自分のスタイルに変わっていきました。それは自信にも直結し、昔の自分に比べると、行動力に雲泥の差が出ました。それは現在にも影響していて、アパレルでのマネージャーに応募する原動力になったり、日本市場を撤退した際には、自らカナダへ渡り本社に直談判していたり。今は一度敗れた目標に再び向かい、日本再上陸に向けての業務に携わっていますが、全ての源はサミーの成功哲学でした。

東京在住　カナダのアパレル会社　日本法人開設準備室長　生駒《いこま》信一郎

「挑戦し続けなさい。必ず夢は叶います！」サミーと出会って、この言葉がズドーンと私の心に響き渡り、そのおかげで周りの意見や常識にとらわれず、自分の願う方向へ進むことができました。まさに私の人生を変えてくれた恩人です。小さい頃からの夢だった客室乗務員の仕事に就くことができたのも、「やればできる！」というサミーの言葉が私を突き動かしてくれた結果です。

シンガポール在住　外資系航空会社客室乗務員　徳永有香

「信用できる大人」というのがサミーさんに初めて会ったときの印象でした。結果、今まで周囲の目を気にしてなんとなく同調することでバランスを取っていた自分が、自分の意見を持ち、考え、行動する人間に変わることができました。それは十年経った今も自分らしく生きる上でサミーさんから学んだ最も大切なことだと思っています。

東京在住　カナダの英語学校日本事務局マネージャー　佐々木健志《たけし》

お会いするたびに次々と飛び出してくるとても信じられないようなエピソード。思い立ったら即行動で、ユニークで魅力的な生き方を体現されているサミーさんとの出会いを通して、つまらない不安や価値観から脱して独自の感性に忠実になることができ、人生の目標も見つかりました。

バンクーバー在住　英語学校学生　森　浩輝《ひろき》

「やる気にさせてくれる人」、一目見たときからそう感じました。サミーの魂と私の熱い魂が重なり、英語力ゼロの私でも数カ月後にはカナダ人に囲まれて仕事をしていました。お互いの魂は燃え尽きることなく、数年経った今でもサミーの熱い魂は私の心の中にあります。現在はオーストラリアで地元の小、中、高、大学生、地元の方々に日本文化を師範として伝えています。こうして夢をかなえられたのもサミーのおかげです。

オーストラリア在住　鍼田《おのだ》恵理

サミーは私の生き方や人生、考え方に大きな影響を与えてくださいました。サミーとの出会いなくして、今の私はないと思っています。カナダ留学が、「語学を身につける」だけでなく、本当の「ポジティブシンキング」を学び、その後の人生がより豊かなものになったのは、サミーと出会えたからです。Stay positiveというサミーの言葉には強さがあり、弱気になった時は、サミーのその言葉や、ワークショップで学んだことを思い出すと力が湧いてきます！

滋賀在住　私立大学広報課勤務　千賀愛子

私の人生の分岐点には、サミー氏が大きく関わっています。彼の人生を象徴しているかのような一見無謀なアイディアの数々は、実行するのに大変な勇気がいりましたが、必ず私を良い方向へと導いてくれました。恩師であり、カナダの父でもあるサミー氏との出会いは、私の一生の宝物です。

カナダ人と結婚・バンクーバー在住　山本由香

「英語があなたの人生を拓くのではない。言葉が通じずとも、人種差別があろうとも、知恵をめぐらせ、したたかに、それでも前向きに、相手に『伝えよう』と考え、行動した日々は必ずあなたの人生を拓く。それもとびっきり大きな、次なるステージへと」――このようなメッセージをサミーの人生は僕たちに語りかけてくれます。本書は留学や英語学習を始める若者必読の書だと思います。

大阪在住　アントレプレナー　新井翔平

私はサミーさんと出会えて、強運の持ち主だと思っています。世の中これだけたくさんの人が住んでいて、サミーさんに出会えたことは本当に幸せなことです。サミーさんの直感から来るアドバイスで周りの人たちの人生が「自分らしいもの」へと変化を遂げる。これは経験をした人にしかわかりません。今はできるだけ多くの人に私と同様の体験をしてもらえることを切に願います。そうなれば日本の未来が大きく変わります。サミーさんのアドバイスは世の中を変えてくれます。

オーストラリア在住　英語学校勤務　藤原尚子

サミーさんと出会ってポジティブ思考になり、なりたい自分とは何かを考えるようになりました。サミーさんのもと、夢を実現していく学生たちとたくさん出会い、その意思があれば、道は必ずあることを教わりました。"You can do it!" 迷ったときは今でも、サミーさんのこの言葉を思い出すようにしています。

東京在住　私立大学国際センター勤務　山田美奈子

世間の大人に対して斜に構えていた私にとって、サミーさんとの出会いは強烈だった。積極的に行動して、人生を変えていくことの素晴らしさを学んだ。その後留学を終えて、働き始めたが自分の人生を変えるべく転職を決断した。両親、上司が猛反対する中で、サミーさんは全面的に後押ししてくれた。サミーさんのように若者の挑戦を後押ししてくれる大人がもっと増えればと思う。どうしてサミーさんが若者の挑戦を後押しできるかって？　それはサミーさん自身も挑戦しているからだ。

東京在住　大手海洋開発会社勤務　森　格《いたる》

私の略歴

	1974年	・関西大学卒業 ・カリフォルニア州立大学フレズノ校言語学部卒業 ・帰国後、英会話スクールの講師を経験。 ・英会話学校運営企業に社員として入社。
バブル期	1988年	・寸借詐欺に遭ったことがきっかけで大きな学びを得る。
	1990年	・海外展開を計画する英会話学校運営企業に転職。
バブルが弾ける	1991年	・同志であるエド・ユーラーとともにカナダ校立ち上げを行う。 ・日本の本社が倒産。カナダ校も閉鎖に追い込まれる。
	1993年	・カナダ校の存続が絶望的となった時、教育関連グループ企業の経営者である野口久雄氏に出会い、助言と援助を得る。
	1994年	・新たに英会話学校設立。 ・野口氏は会長に、私は社長に就任。
北海道拓殖銀行破綻	1997年	・学校存続の危機 ・ベト山内の紹介で大手銀行より融資を受け、経営の窮地を脱する。 ・英語学校内で、グローバル人材育成のためのワークショプを展開。 ・専門学校、大学等で講演活動
	1999年	・学校内に教師の労働組合が設置される。
	2007年	・著書『きっと君にもできる ― 英語で夢をつかんだ私の生き方』を出版。
リーマンショック	2008年	・学校経営に陰りが見え始める。
	2010年	・経営してきた英語学校を譲渡、売却。
	2013年	・現在、自由な立場から次代を担う人たちのグローバルな活躍を支援している。

1 私の信念を強くしてくれた成功哲学研修

私が留学した頃は、今のようなインターネットのない時代ですから、大学を選ぶにもアメリカ領事館に足を運んで資料調べをしなければなりませんでした。そして入学申請書を送った後で、大学から返事が来るまでに二カ月もかかりました。アメリカの様子といえば、テレビや雑誌で断片的に知るだけでした。そんな時代に飛び込んだアメリカ！　その自由でオープン、一人一人が生き生きと生きている世界はとてもまぶしく映りました。まるでタイムマシーンに乗って未来に行ったようでした。「きっと日本にもこんな時代が来るんだ！」先の時代を見てきた自負と希望に胸をふくらませて私は日本に帰りました。

帰国後、全国に展開する英語学校に入社。一年半で本社へ異動になり、そこで社長に「そういえば君はまだ感想文を出していないな」と言われてしまいました。新入社員には「会社の社長が書いた企業理念の冊子を読み、その感想文を書け」という宿題があったのです。締め切りは入社後一カ月以内だったのに、私はそれを怠っていました。社長に言われては仕方ないと、重い腰を上げて取り組みました。入社したてと違って、会社の様子もわかってきていましたし、アメリカで思いっきり生意気になっていて、物事を斜めに見るクリティカルシンキングの発想も身に付いていましたので、会社を良くするための提言として会社の批判をありったけ書いて提出しました。すると社長室へ呼び出されました。大企業ではないものの、社長室だけは取って付けたような立派なドアがしつらえてあり、室内も格調高い雰囲気です。

「君が高橋君か」

社長は私が提出した感想文について質問をしてきました。私はよくぞ聞いてくれましたと、思っていることをすべて話しました。社長の反応はこうでした。

「若者なのにたいしたものだ。これからはいつでも社長室に出入りしていい。早速給料も上げてやろう」

思いがけないうれしい言葉に、やったぞと心の中でガッツポーズです。重厚なドアを開け、最上階の社長室を出て足取りも軽く階段を下りていくと、階下に私の直属の上司が怪訝そうな顔をして待ち構えていました。

「何を話してきたんだ」

「……これから社長にご指示をいただいて会社を良くしていくつもりです」

「君は組織を壊すつもりか」

「どういう意味ですか。社長はいつでも社長室に出入りしろとおっしゃいました」

「いや、組織には順序というものがある。入社一、二年の君が会社のトップに会うのは筋ではない。順番を通したまえ」

上司はそう言って立ち去ると、その直後に別の上司が現れて言いました。

「君の上司の言う通りだ。社長はああいう方だから君にそうしたことを言うだろうが、物事は上司を通したほうがいい」

舞い上がっていた自分の頭にバケツで水をかけられたようでした。続けざまに上司にとがめられ、うかつだった自分を後悔しました。そして上司の指示通り、「社長室への出入りはしない」「社長へ伝える会社運営の提言は必ず上司を通す」を守りました。社長への直接のパイプを絶たれた中でも、自分としてはできる限りの努力をしたつもりです。ところがさっぱり社長に私の提言が伝わっている様子はありません。業を煮やしかけていた私は社長に会った時に、自分が困っていることを伝えました。上司に組織の順序の話をされ、社長室への出入りも禁じられているのだと……。すると社長は「私も忙しく君の話を直接聞く時間もないから、君の上に相談役の上司をつけよう」と言ってくれて、その言葉通り、私に相談役がつきました。それで安心できると思いきや、その相談役も私の直属の上司とつうつうでした。私の意見など通すつもりがないどころか、一つの意見も社長に届かないようにブロックしていたのです。まさに「出る杭は打たれる」で、その杭たる私はこれでもかこれでもかと叩かれ叩かれ、最後の最後までぺちゃんこに叩きつぶされているようでした。

鈴木淳司氏の勧めで研修に

そうした私のもとに現れたのが鈴木淳司氏でした。近年衆議院議員を務めた人物ですが、当時三十歳そこそこの青年でした。彼は「日本の変革の要となるのは教育」との思いから教育産業に関心を持ち、私たちの会社をよく訪ねてきては、政治や教育への熱い思いを語っていました。松下政経塾の塾生でもある鈴木氏は、私にその政経塾に行くべきだと強く勧めました。しかし自分の仕事に直接関係もなく、上司がよしと許可するはずもないことは明白でした。そう伝えて鈴木氏の誘いは断っていました。しかしそれでも熱心に誘って来られるので、

「それはちなみにどんな内容なんですか」

と尋ねてみると、例に挙げたのが富士山麓でのサバイバルでした。ロープで身体を縛られて雪原に置き去りにされた状態から宿舎まで帰ってくるのだというのです。

「とんでもない、そんなのはお断りします」

と言ったのですが、

「そのサバイバルは体験しなくてもいいが、あなたの信念を強くするのには大いに役立つ合宿なので、ぜひ高橋さんに出てほしい」

という熱心な勧めに心を動かされました。なんとしても実現させようと、「仕事の質の向上」という名目で会社に稟議書を通して研修参加にこぎつけました。同僚三人も一緒です。講師は

鈴木氏の友人の政経塾塾生で、名古屋での三泊四日の研修でした。

「研修を終えて、最終的にどんな自分になりたいですか」

研修の冒頭で講師がこう語りかけ、そのイメージをボードに書くように求めました。「自分のゴルフのスコアを下げる」と書いている同僚がいて、この人は何を考えているんだとあきれました。ともかく自分はというと、仕事ができる人間だという自負はあったのですが、上司からの圧力を跳ね返すことができない自分に苛立ちやはがゆさを感じていました。そこで、ボードには真っ赤なジャケットを着て出社している自分の姿を描き、それを見て「君は何て格好をしているんだ」と叱る上司、対する自分には「僕は仕事ができますから、服装なんてどうでもいいですよね」と言っている噴出しをつけました。講習中は信念を強くすることを学び、講習の最後には「こういう人間になるぞ！」とこぶしを高々と挙げてみんなの前で宣言したのです。

その宣言はまるで武士の鎧のように、自分の意志を周りに屈しない強いものへと固める力を持ちました。それからの出来事を振り返ると、この研修なしでは成し得なかったと思うことばかりです。

組織の上下関係にとらわれず

実行したことの一つは張り紙外しです。英語教育の業界は競争が激しいですから、家の周りには競合校の張り紙がたくさんありました。張り紙は違法ですし、そうした手を使って宣伝する事に不快感がありました。しかし警察に言ったところで何もしてくれないと思い、夜、人々が寝静まった頃に近所に愛車を走らせ、電柱に張り紙を留めている針金をペンチで切ってはがして回りました。そうした姿を警察に見られたら……という思いもありましたが、そうせずにはいられませんでした。

そんなある日、会社で当時の上司に、

「君、会社のバッジをつけていないじゃないか」

と注意されました。以前にも「君はお洒落でたくさんスーツを持っているだろうから、たくさん持っていきなさい」と嫌味を言われ、何個もバッジを渡されたことがありました。その言葉を聞いて、私は黙っていられませんでした。

「あなたの近所によその学校の張り紙がたくさんあるでしょう。あなたはその張り紙をはがしたことがあるんですか。私は会社のために一生懸命行動しています。あなたがそうでないのなら、バッジうんぬんと、そんなくだらないことを言わないでください」

以来、その上司からは一言もそんな話は出ませんでした。

先に紹介した、社長室から出てくる私を仁王立ちで待ち構えていた上司を、私はそのうちにスターウォーズのダースベイダーと呼ぶようになりました。この悪の権化に潰されずに会社を良くするために、私は一緒に政経塾の研修に行った同じ役職の同僚、同僚といっても社歴は十年近く上でしたが、彼らの協力を得て会社のフロアに自分専用の部屋を作ってしまいました。仲間と暴走して勝手に作ったのではありません。企画課に味方を得て、会社を良くするための必須のプランとして稟議書もなしに、見事に囲いとドアのある私だけの戦略会議室が実現しました。そんな大胆な事ながら、上司もそこに私の部屋があることを認めざるを得ない、そういう環境を作ってしまったのです。

どうやってそうした協力や支持を受けることができたのかと自分を振り返ってみると、子供の頃から人が寄ってきてくれるタイプではありましたが、自分からは人によって多少の苦手意識がありました。でも自分が苦手に思うと相手にもそれが伝わってしまうと思い、ある意味では自分のプライドをかなぐり捨てて相手に合わせていくことを実践してきました。かといって自分の信念を曲げることはありませんでした。そうすると一時は強敵と思われた人物が次々と味方になってくれました。

自分で成し遂げたい事があっても、人間関係でつまずいてしまって、道半ばであきらめてしまう人も多いものですが、目的にまっすぐ向かっていく意志を堅固にできたのは、この研修のおかげだったとつくづく思います。

2　現代版　金の斧、銀の斧

カナダへ来る一、二年前、ちょっとした詐欺に遭ってお金を失った出来事を思うとき、ふと頭に浮かぶのがイソップ童話の『金の斧、銀の斧』の話です。

貧しいきこりが湖に斧を落として困っていたところ、ヘルメース神が出てきて「あなたの探している斧はこれですか?」と最初に持ってきたのが金の斧でした。きこりは「それではありません」と答えて、またヘルメース神が湖に潜り、銀の斧を取ってきて見せますが、きこりは「それでもありません」と首を横に振ります。その次に取ってきたボロボロの木の斧を見せると「それです」ときこりが答えます。するとヘルメース神は「あなたは正直者だから、金の斧も銀の斧もあげましょう」と三つの斧をきこりに渡しました。この話を聞いた業突く張りのきこりは、真似をして斧を落とすのですが、金の斧で「ハイ、それです」とすかさず答えたために、自分の斧さえももらえなかったという話です。

これまで大勢の学生たちに、「正直者は損をするのか」というテーマで話をしてきました。君たちはどう思うかと聞いてきましたが、「正直であるほうがいい」と答える人の割合のほうが少なく、「金はちょっとおこがましいけど、銀の斧をもらう」といった人が多いのです。そこで私が「現代版　金の斧、銀の斧」と呼んでいる私の体験を語ります。前著と重複しますが、ここでも紹介させてください。

一九八〇年代後半、日本の企業が海外に出て盛んに物を作り始め、英語の必要性から各企業で英語のスキルアップを奨励していた時代のことです。島津さんと名乗る方が会社にアポイントメントなしに訪ねてこられて、企業内英語研修部の部長だった私が面会したところ、島津さんは、

「私は会社の会長をしている。我が社の英語研修を担当してほしい。明日、社長をしている息子を連れてあいさつに来る」

と語り、会社を出ようとする際に、

「運転手を待たせている。電話がしたいから小銭を貸してほしい」

と言われました。私の財布には五千円札しか入っていなくて、

「これしかありません。百円玉か五百円玉をお持ちでしたら両替してまいります」

と答えると、

「そのお札でよい。明日の朝返すから」

と言われました。普通に考えれば、これでは電話がかけられないのでおかしく思うはずですが、私は単純に「翌朝大きな仕事が取れる！」と有頂天になっていましたから、そんなことは

気にもかけませんでした。翌朝になり、会社のビルの入り口前の公道に立って、来るべき会長と社長の親子を待っていたのですが、一時間待っても現れませんでした。どうやらすっぽかされてしまったようです。もうオフィスに戻ろうとした頃、ふと足元を見ると、自分のものと同じような黒い財布が落ちているではありませんか。中に入っていたのは一万円と五千円が一枚ずつで、現金以外の名刺やクレジットカードは入っていませんでした。その時、自分は試されているのではないかと思い、その財布は警察に届けました。さらに一年経っても持ち主が現れず、そのお金が私の手元に戻ってきた時も慈善団体に寄付しました。

その詐欺の一件から二十年ほど経って、本当にあの時、今私が学生に話しているようなことが実際に起きたのか、幻想だったということはないだろうかと確かめてみたくなり、大阪のビルの前、財布を拾った場所に行き、その時と同じように立ってみました。やはりどう考えてみても、白っぽいその歩道に最初から黒い財布が落ちていたなら、ビルの外で立つ前に気がついたと思うのです。学生たちにはその場の写真も見せながら話をしています。

学生たちに伝えるのは、人間、打算の気持ちを持つのは当たり前だけれども、そうするとかえって損をするということです。五千円を取られたけど、一万五千円返ってきた。しかし、そこで天が試そうとしているなら一万五千円をもらわないほうがいい。

昔話は子供騙《だま》しと思っているかもしれませんが、ここに真理が見え隠れてしていると思います。日本の花咲爺さんの話もそうです。正直爺さんと婆さんが「ここ掘れワンワン」でポチに穴を掘らせたら金銀小判が出てくるけれども、いじわる爺さんが掘ったら蛇が出てきたというわけで、金の斧、銀の斧、両方ほしかったら正直にしているのが一番いいと思います。

それから十年経って、かつての会社の同僚にこの詐欺の話をした時に、

「あんたはやっぱりアホやな。最初から五千円を渡さずに、拾った財布の一万五千円ももらっていたら二万円があんたの物やったのに。本当にあんたはお人好しやな」

と言われました。でも私はこういう生き方ができてよかったと心から思っています。

3　恩師　ベト山内の思い出

山内《やまのうち》英郎、なぜかベト山内と呼ばれていた人物と出会ったのは、私が英語学校の大阪支社に勤務していた頃でした。タイムライフ社の大阪市支社長だった彼が、嘱託としてわが社に招かれてやって来る、そしてエアライン科の学生を前に講演するというので、それをのぞき見たのが最初でした。

会社の上司となったベトは私のことを気に入ってくれて、その後、ＴＯＥＩＣの創始者である北岡氏へ紹介してくれたのもベトでした。

リタイヤ後、こよなく愛するハワイを住処としていたベトは、私がカナダに行った年に、ハワイのイオラニ宮殿のドーセントと呼ばれる公式ガイドになりました。日本人で最初のバイリンガル・ドーセントです。ガイドの仕事には、十四分と言われたら十四分ぴったりにまとめてガイドを行うこと、またこの角を曲がるときにはこの話を終えてというきまりがあるとか。半年は勉強しないと受からない、ボランティアながらに難しい資格だそうです。ガイドのときの彼の弁舌は見事なもので、ベトは日英通訳のボランティアコースを自分で始めて、門下生が何十人もできました。

パート1の本にも書いたのですが、ハワイにいたベトのもとへ、あるとき何のあてもなく訪れたことが私にとって思いがけない展開をもたらすことになりました。

それは十数年前、日本の銀行が次々に潰れていった頃のことです。北海道拓殖銀行の経営破綻が私の会社経営に大打撃を与えました。拓銀は私がカナダで支社を立ち上げた英語学校の親会社の取引先銀行の筆頭株主でした。当時バンクーバーのあるブリティッシュ・コロンビア州では、消費者保護のために預託金といわれる敷金のようなものを、州政府に預けなければ英語学校が経営できない仕組みになっていました。うちの学校の規模でいうと百万ドル（大まかに言えば一億円）相当を拠出しなければ、せっかく立ち上げたカナダの学校が存続できない状況となってしまったのです。しかも、無担保で借り入れしていたお金でもあったので、五十万ドル（約五千万円）を急に用意しなくてはいけなくなりました。

親会社に相談してもいい返事は返ってこない。東京のいくつかの銀行に話を持っていったけれど埒《らち》があかない。私はすっかり途方に暮れてしまいました。

本来だったら、成田からまっすぐバンクーバーに帰るべきところでした。でもすっかり気力の萎えていた私は、ベトがハワイにいるなと思って、倒れこみそうな自分をかろうじて支えながらハワイ行きの飛行機に乗り込みました。

ハワイに着いて、ホテルの外のラウンジでワイキキの海を見ながらグラスを傾けました。ベトと私のお決まりの過ごし方です。

「おー元気か？」

「元気です」

「事業の方はどうだい？」

「学校はうまく行っているんですが」

「でもどうなんだい？」

「学校の方は問題なく進んでいるんですが、至急五十万ドル用意しないと学校経営が続けられないんですよ……」

ベトはハワイでキロハナ賞という知事賞をもらうほどの偉い人ですが、酒癖がすこぶる悪いのです。そういう二面性のある人でしたし、年金暮らしをしていたので正直、お金のことはまったく期待していませんでした。ところがそのベトからこんな言葉が飛び出しました。

「オレの中学時代の同級生、海外にいくつも支店のある有名銀行の副頭取なんだよ。今からオレが電話してきてやる」

「そんないいですよ。ご迷惑をおかけしたくありませんから」

「五十万ドルいるんだろ？　待ってろ」

ベトはホテルのロビーへ行き、しばらくして戻ってきました。そして電話番号をメモした紙切れ一枚を私に差し出しました。

「これアイツの直通電話の番号。今、電話入れといたから電話しろ」

「電話して何て言ったらいいんですか」

「バカヤロウ！　五十万ドルいるんだろ？　無担保で貸してくれって言えばいいじゃないか！」

そんなことを見知らぬ人に言うなんてとても無茶だと思いながらも、だめもとで電話をかけてみることにしました。すると、

「吉田です。ベトからあなたのことは聞いています。いかがいたしましょう」

というのです。私の手と声は震えていました。

「大変恐縮ですけど、五十万ドル無担保でお貸しいただけますか？」

それからバンクーバーへ戻り、早速、その銀行のバンクーバー支店の支店長を訪ねました。

「副頭取といかがな関係でいらっしゃいますか？」

と尋ねたその方の怪訝そうな表情が今も鮮明に焼きついています。ともかく、思ってもいなかったその助け舟でなんとか救われ、英語学校を続けることができました。ふらふらとベトに会いに行った時にはまったく考えられなかった展開になったのでした。

大恩人であるベトですが、この人のやんちゃぶりに付き合わされ振り回された思い出も数え切れません。ひとりハワイで暮らしていた彼は、酒好きで、時には酒に飲まれてしまうことも

ありました。ある時、

「足を滑らせて怪我をしちゃったよ」

と電話がかかってきました。

「気をつけてくださいよ！」

と電話を切りましたが、どうにも心配です。すると、現地に住む知り合いの話の様子から自殺未遂であったことがわかったのです。

「もう生きていく希望を無くしてしまった。だから俺はこれで死ぬからごきげんよう」

というメッセージが留守番電話に残っていました。電話をして、すぐ翌日、バンクーバーからハワイのベトのもとに駆けつけました。ところが……。

ベトの部屋に入ると、テーブルには料理がずらりとフルコース。

「ようこそ待ってたよ！　さあシャワーを浴びなさい。まぁ召し上がれ！」

「ベトさん、もう悪い冗談はやめてくださいよ！」

まったく何事もなかったかのようです。電話をしたら私が来るに決まっていると思っている。こっちは散々ハラハラさせられているのに……。これには本当に参りました。

「アロハ」の精神が息づくハワイを好んで暮らしていたベトですが、グリーンカードは持っていなかったので、六カ月に一度はビザの更新で帰国していました。帰国といっても成田で入国して、また折り返し帰るというパターンで、本人曰く「成田のトイレを借りてくる」ものだったのですが、あの9・11でビザの更新が認められず、ハワイには戻れなくなってしまいました。そのうち体を壊してガンを患い、身内とは疎遠になっていたため、最後は神戸のすずらん台の緩和病棟というホスピスで余生を過ごし、「死んだらハワイに行って散骨してくれ」という遺言を残して二〇〇三年、あの世に旅立って行きました。

ベトの遺言に基づき、私は遺骨を持ってハワイへ向かいました。太平洋が見渡せるワイキキのカヌークラブでメモリアル（追悼式）を行い、故人を偲ぶ友人たちが三、四十人集いました。一人ひとりが別れを告げ、全員がアロハオエを歌うなか、遺骨を乗せたカヌーがエメラルド色の海へと旅立っていきました。ベトらしい演出だなと思ったものでした。

今でも時々ベトが夢に出てきます。ベトが夢に現れた翌日、仕事を終えて家に帰ると、どういうわけか、庭にビールの空き缶が転がっていて、その横に一枚の紙切れがあって、取り上げてみるとそれはうちの家族とベトが一緒に写っている写真だったのです。事もあろうにそれはお盆の日でした。

こんなこともありました。夢の中で私は、ベトの運転する車に乗って砂漠を突っ走っていま

した。ベトは、

「楽しいだろー？」

と言いながら私を脅かすように猛スピードで走っていきます。

「危ない！」

と思って目覚めた日の翌日、ダウンタウンの楽器屋に楽譜を買いに行く用事があり、その店でウクレレを買ってきてしまいました。すでに自宅にウクレレを持っていたので、

「どうしたの？」

と妻からあきれられました。なんとなくベトが「おい、忘れるなよ、オレのことを」と声をかけている気がして、自分の意志でないところで買うようにさせられた感じがしました。そんな感覚は、大勢の学生の前で話しているときにも感じます。弁舌のうまかったベトが自分に入りこんで語ってくれている。そんな不思議な感覚を覚えるのです。

二十九歳で、ある企業の支社長にまで昇りつめ、まっとうな社会人生活を送りながらも、風変わりな人柄と奔放さを持っていたベト。とにかく憎めない、そんな人でした。

4　教師組合の解散が教えてくれたこと

前回の本を出版する時に、自分の恥をさらけ出すと心に決めて書いたものの、もっとも見せたくない部分はどうしても明かすことができませんでした。それほど人生最大の悩みとして抱えていた事なのですが、現在ようやく終結しましたのでお話ししたいと思います。

カナダに来て二年後の一九九三年、自分もオーナーの一人としてバンクーバーに英語学校を創設できたのは野口久雄氏の会社から三十万ドル（当時の額で約三千万円）の出資を受けられたからでした。開校は五月四日ですが、登記上の会社設立の日は一九九三年一月二十一日で、おりしもこの日は野口氏の誕生日でした。社長は野口氏、私は副社長という立場で意気揚々とスタートを切りました（このいきさつは本書66ページ「7　野口久雄氏との再会」に書き記しました）。

会社立ち上げ当初、野口氏から「高橋さん、あなたの将来として、私の会社の社員として働くか、この学校を経営するカナダ法人の社長として働くか、どちらを選びますか？　あなたが決めてください」と言われました。将来は一国一城の主に――それは私が海外へ出て行くぞと決めた時から胸にあった思いでした。会社の株式については野口氏の会社が七十五％、私が二十五％持つ形で始めましたが、それから数年して会計士から、現地法人と海外法人で持ち株率を半々にしたほうが節税対策になるとアドバイスを受けました。そのため双方で五十％、五十％の所有にして、野口さんはカナダ法人の会長職に、私は社長になりました（これがすんなりとはいかなかったのですが、そのいきさつは前著に書いています）。ここからは社長になってからの話です。どうしてその後こんなに苦しい展開になったのかと省みてみると、それは「自分が社長である」というおごりの気持ちが原因だったのではないかと思っています。

社員の解雇を機に

サンディーさんを新しい会社の秘書にと声をかけたのは私でした。知り合いで会社を経営されていた日本人の方の秘書だったサンディーさんが、その方の他界後に、残務処理をきちんとこなされている様子を知り、とても信頼のおける方だと思ったからです。ところが入社の四、五年後からサンディーさんは身内の不幸が重なり、一週間、三日、二週間とたびたび休みを取りました。その度「こんなにしょっちゅう休まれては仕事に支障をきたすから困る」と言えばよかったのですが、たびたび休まれると仕事に支障をきたすのは彼女も先刻承知と思い、それでも休みがほしいのだからと仕方なく許可していました。しかしさらに休みを要求され、これでは仕事にならないと、サンディーさんに辞めていただくことを決断したのですが、ここから思わぬ展開になってしまいました。私自身はアメリカでの生活経験から、カナダ人もアメリカ人同様、人事に関してドライにとらえていると思っていました。しかしその考えはとても甘かったようです。秘書の解雇は教師たちの目に「『社長が大事にしていた社員をクビにした』イコール『サミーは血も涙もない経営者』」と映ったのでしょうか。この事が引き金となって教師の間で組合結成の動きが始まったのです。その背景には、もうひとつの事件がありました。

当時雇っていた教師は二、三十人でしたが、その中に一人、教授方法に問題のある教師がいました。教育部のディレクターは教育レベル維持のために、この教師の解雇を決定したのですが、学生からの人気は抜群の人物でした。そこで私はクビを切る必要はないと判断し、間に入ろうとしていたのですが、その時すでに問題の教師は組合結成に動き始めていたようです。しかもディレクターとその教師は犬猿の仲であったため、この事件がその実現に向けて一役買ったと、私は経営者の立場から思っています。

その頃、教師組合を作るという噂は確かに私の耳に入っていましたが、現実感はありませんでした。ところが……です。福岡に出張中、仕事を終えてホテルに戻り、缶ビールを開け、テレビをつけると、ちょうど地元ダイエーホークス（現ソフトバンクホークス）が日本一となり、私が小さい頃から尊敬していた王さんが優勝記念パーティで胴上げをされていました。その放送を見ながら、そこはかとなくうれしい気持ちに酔いしれていた時です。副社長から、

「組合ができちゃったわよ」

と教師組合結成の知らせが入りました。まさか。ガーンと頭を打たれて一気に現実に引き戻されました。

バンクーバーに帰って間もなくの十一月一日 Labour Relation Board（労使調停委員会）に労使双方が呼び出されました。それは組合の結成を認める認めないという裁定のなされる場でした。弁護士を伴って出席した私は、なんとも言えない気持ちでその場にいました。同席したスクールディレクターは、トイレに行ったまま長いこと戻ってきません。相当神経質になっていたようです。

組合側の言い分が通り、裁定の結果は組合成立でした。弁護士は、

"Please accept my deepest condolences."（お悔やみ申し上げます）

と私に向かって言いました。どうしてお悔やみなのかと思っていたら、

「これから大変ですよ。あなたの会社なのに、これで会社の中に別の会社ができてしまったようなもので、あなたの思うようにはコントロールできなくなるでしょう。大きなくさびを打ち込まれてしまいましたね」

と言われたのです。しかしそれが実際どういうものであるのかということは、当時想像もつきませんでした。

組合ができて

この教師の組合はCanadian Union of the Public Workers（通称キューピー）という、弁護士の間では、カナダで一番強力な公務員組合だと語られる組織の一部となりました。なぜ公共の機関でない私企業の社員がそのメンバーとなれるのかは大いに疑問でしたが、事実がそうなのだから仕方ありません。そもそも労働組合というのはどうして結成されるのかと、弁護士に尋ねてみたところ、それは社員が経営者のことを信頼していないからであり、結成の目的は仕事の確保、不当解雇の防止、労働条件の改善のためだと教えられました。

以来、労働条件を話し合う機会を労使で持たなければいけなくなりましたが、最初の年はこちらが提示した条件そのままで締結されました。また交渉以前にも何の騒ぎもなかったので、「ああ、こんなものか」と感じていました。

ところが二回目の交渉からは、時給アップや教室の環境整備など要求が厳しくなってきました。合意書締結交渉の最初の回は、経営側の代弁者となるプロの交渉スタッフmediatorを雇って交渉に臨んだのですが、二回目には組合側が「mediator（調停役）のようなlabour lawyer（労使関係の弁護士）を連れてくるなら交渉に応じない」と主張し、そのうえ「要求をのまなかったらストは辞さず」と強硬な姿勢を示してきました。これはたまりませんでした。もしストとなったら、学校の前にピケットラインが張られて「スト決行中！」とプラカードを持った教師たちが並ぶことになるわけです。もし一度でもストをされれば学生の募集に影響が出ます。それはなんとしても避けなければ……。まるで頭にピストルを突きつけられた状態でした。それでも私の依頼したmediator（調停委員）は、経営者のためを思って強気の姿勢で対抗しようとしました。しかしそれは私自身の考えで断りました。カナダにいても私は日本人ですから、「和」を重んじ、角を立てずに円く収めたいと思っています。それに組合結成の発端となった秘書解雇の一件は、和の心を忘れ、西洋的な「ボスである自分がすべてを仕切る」という態度で臨んだことが原因だったという、自責の念もあったからです。

結果としては組合側の要求を全面的にのんだ形で締結しました。言わば相手の言いなりです。以後、毎年時給アップの要求が繰り返され、こちらが要求に応えているせいで確実に労働条件や環境が良くなり、教師たちにとっては居心地のいいところとなっていったようです。幸い、学生数も右肩上がりで増えていましたので、この分でも十年は会社が持つだろうと思っていました。ただ、不評を買っている教師を辞めさせたくても不当解雇と言われてしまうのでクビにできず、経営者としては手足を縛られた状態でした。

リーマンショックのあおりを受けて

向こう三年分の労働条件の合意を取り交わす労働合意書締結が三回目に来たのは二〇〇八年。

その年の十月にリーマンショックが起きました。そのあおりを受けて、順調に推移していた会社経営に影が差すようになってきました。翌年の春には韓国からの学生がひと月に百人も減ってしまうという事態に。少しずつ減るのではなく突然でした。それまで教室も足りなくなるほど韓国人学生が押しかけていたのが嘘のようでした。それだけで月に八百万円もの減収となります。

韓国人学生のことは一九八七年のＩＭＦショックの時もそうでした。その時はＩＭＦの介入により、一年後に学生数が回復しました。なので「一年待てば……」との思いでいました。ところが今回は、留学費用の高騰を招いたウォン安という為替問題がいつまでたっても解消せず、韓国人学生はぴたっと止まったままになってしまったのです。

一見よさそうな話もあるにはありました。いきなり学生が減った半年後に、競合他社から「サウジアラビアの生徒百人を受け入れてもらえないか」と持ちかけられたのです。しかし彼らの留学資金は政府からの奨学金です。授業料の入金は最大九カ月遅れる可能性があると聞かされ、二の足を踏みました。

組合側も何か打つ手はないかと労使の話し合いが始まりましたが、しばらくは腹の探り合いでした。それでも二〇〇九年の夏には、さすがに組合側も先行きへの危機感を露わにして、「学生募集のやり方に問題があるんじゃないか。韓国が減ったなら中国やサウジアラビアはどうなんだ」

　と激しく詰め寄ってきました。しかし今まで学生の大半を占めていた韓国や日本の学生数が激減したわけですから、その穴埋めは容易ではありません。さらに追い討ちをかけるように、カナダ政府がメキシコからの学生にビザの取得を義務付けたため、こちらの生徒数も激減。ダメージは大きくなる一方でした。

　ではこの難局を乗り切るにはどうしたらいいか。会計事務所と相談して出した結論は「教師たちの給料四十％カット」でした。これを経営者側からの要求として出すと、組合側がいっぺんに紛糾し、

「とんでもない！」

　と非難の嵐となり、

「全部会計状態を見せなさい」

　と要求してきました。しかし、会計事務所も弁護士たちも口を揃えて、

「これはあなたの会社だから経営状態を見せる必要はまったくない」

　と言いました。それでも私としては隠し立てすることは何もないのでバンクーバー校の会計帳簿を見せました。彼らはそれを見ても収まらず、

「あなたはどこかに資産を隠しているでしょう。トロント、ビクトリア、オーストラリアの学

校のものも全部見せなさい」

とさらに要求は続きました。私としては痛くもない腹を探られたくなかったので、すべての帳簿を見せました。あちらも組合専属の会計士を雇って調べてみたようです。そこで別に隠し財産も何もないことが彼らにもはっきりわかったはずですが、「四十％給与カット」の要求には、

「冗談言ってもらっちゃ困る」

の一点張りで応じようとはしません。そうこうして二、三カ月が経ちました。

譲歩策を示して投資家探し

弁護士、会計士たちは、

「教師たちが給与カットに応じられないなら、年末で学校を閉めるべきです。学生たちに授業料をあらかじめ返してしまえばそれで問題はありませんから」

と言いました。しかし私はどうしても学校を閉めたくなかったのです。確かに教師たちは権利の主張が第一でしたが、教育には飛び切り熱心で、学生たちの評判も上々でした。その彼らのおかげで学校がここまで来られたのは事実です。だからこそなんとか一緒に乗り切ることができればと思い、こちらが譲歩し、

「給与カットは二十五％に抑えましょう。それに応じてくれたら、私の方で何とか投資家を探

します」

と伝えました。そう言って投資家探しに乗り出したものの、会社の調子がいいときは多額のお金を払ってでも買いたいという投資家もいるのですが、会社が傾いてくるとそうはいかないものです。そのうえ「会社には組合がある」とわかると、皆さんさーっと引いてしまいました。

沖縄の専門学校の理事長の島袋氏も投資の意向を示してくださいましたが、条件として「組合の解散」というのがつねにありました。ただし、ここブリティッシュ・コロンビア州においては、組合員に向かって経営者側が「組合を解散しなさい」と命令して解散が実現したとしても、それが公になったときに、また組合ができてしまうのです。ですからそれだけは口が裂けても言えませんでした。また、誰かの口を通じてこちらの指示を伝えて組合を解散させるのも同様です。教師たちが自主的に解散する以外に望ましい方法はなかったのです。

大きな決断

組合側の姿勢が変わらず経費削減が行えないまま、いたずらに時間は経ちました。それが彼らの作戦なのですが、それで結局時間切れになってしまい、学生たちから預かっている授業料に手をつけないことには家賃や給料も出せない状態になってしまいました。そうなる一年前から自分は給料をもらうことを止めていました。しかし、経営が行き詰まってどうにもならず、断腸の思いで「二〇一〇年一月十四日に学校を閉める」と決断したのです。

閉めると決めたのですから六十八人の教師に解雇通知を渡さなければなりません。その役回りは人事担当者にと考えていました。しかし、私の右腕であったその人事担当者がその前に会社を去ってしまいました。ここで辞めてしまうのか！　と無念な思いでしたが、会社の内情をすみずみまで知っていて、組合との交渉に付き合わされ、家族もあるなか辞職も無理のないことでした。

副社長については、本人からの要求はなかったのですが、会社がこのまま存続しないとわかった時に、私のほうから取締役から降りてはどうかと提案しました。会社が倒産しても彼女の財産に影響が出ないようにとの配慮からです。そして普通の社員となり、表向きは経営陣から離れたとはいえ、それまでの役割から解雇通知を渡す役目にと期待しましたが、彼女の口から出た言葉は、

「私はやらないわ」

でした。ただ彼女の場合もやむを得ない理由がありました。気丈で、歯に衣着せず何でも言うタイプで、マーケティング担当の上司だったために、組合側の格好の攻撃対象 scape goat（スケープゴート）になっていたからです。彼女が高給を取っておきながら、学生集めもできないから会社がこのように傾いてしまったというのが彼らの言い分だったのです。そのことをよ

く知っている彼女は、

「悪者扱いされている私が解雇通知を渡すと、火に油を注ぐようなものだ」

と言うのです。やむなしでした。

仕方なく私自身が組合の関係者の立会いのもとで、一人ひとり、六十八人六十八枚の解雇通知を渡しました。自分の会社ですから、自分がするのは当然なのですが、めちゃくちゃお腹が痛くなりました。罵声を浴びせてきたのは二人だったでしょうか。でもほとんどの教師は、

「ありがとうございます」

「これまでお世話になりました」

と言ってくれて、

「この十年間はとてもいい生活ができました」

と言う人もいたのでとても救いになりました。このように解雇通知を渡しながらも、私自身は一月十四日で本当に学校が閉まってしまうのかなと半信半疑でした。しかしそうしなければ授業料は返せなくなり、会社は倒産してしまいます。弁護士や会計士たちは、

「サミー、学校を閉鎖する時には、この街にいることはお勧めしません」

と助言してくれました。そうか、それではどこへ行こうかなと思ったのですが、家族を残してバンクーバーを離れるというシナリオは、もちろん私の頭の中にはありませんでした。

倒産させないために

何としても倒産という形だけは避けなければいけないと思っていました。「きっと君にもできる！」と、これまで何千人という若者たちを鼓舞し、夢を売ってきて、ある意味ではそういう象徴となってきた自分が、日本のテレビニュースであるように、社長が土下座をして「申し訳ございません」では、それまで見せていた夢をぶち壊しにしてしまうようなものでした。だからなんとしても倒産は避けたかったのです。その一方でカナダにはバンクーバー校のほかに、トロント校、ビクトリア校、オーストラリアにもシドニー校、ブリスベン校とありましたので、そこもほうっておくわけにはいかず、ずっと売却の交渉を続けていました。話がまとまりかけては潰れて、またまとまりかけては壊れていきました。何度もうだめかとあきらめかけたことでしょうか。

そうこうするうちにオーストラリア二校については、二〇一〇年の十二月一日にカナダの学校が買収することで話がまとまりました。その二週間後にブリスベンで百年に一度の大洪水があり、少しでも売却のタイミングがずれていたら、破談になったに違いありません。ぎりぎりのところで天に救われた思いでした。

ビクトリア校とトロント校は世界中に学校を持っているアメリカの教育団体に売却できました。ただバンクーバー校に関しては、この教育団体が買収の条件として、

「サミーさん、バンクーバーの学校は閉めてください。いずれ同じ場所で自分たちの学校を作るつもりです」

と言ってきました。しかし、それはできませんでした。閉めるのはいいけれども、そこに違う学校が入り、そこに私が絡んでいたとなれば、教師たちの怒りを買うのは必至です。その一線は守り抜かねばと交渉を続けた結果、バンクーバー校を閉校とする条件はかろうじて外すことができました。

学校を譲ってほしい

話は戻りますが、組合側との交渉の最中、学校の経営状態を公開していく過程は時間のかかるもので、教師たちにとっては雇用引き伸ばしの作戦でもありました。しかし増え続ける赤字に何の手も打てぬまま半年が過ぎ、結局身動きが取れなくなり閉校の決断となったわけです。

その交渉中、組合側が、

「サミー、あなたがやらないならわたしたちに譲ってほしい」

と言ってきました。カナダの航空会社ウエストジェットも社員みんなが株主ですが、それと同じようにしたいと要求してきたのです。私は、

「いいですよ。みなさんに差し上げましょう」

といいました。

「買い手が見つからないからただであげますよ」

と。

ところが、組合側が学校の財務状況を調べた後には、

「もう三十万ドル（二千四百万円）も学生から借りたお金を使い込んでいるじゃないか。そのお金を埋めたら学校を引き継ぐ」

と言ってきました。会計事務所や弁護士いわく、

「そんな馬鹿な話に乗っちゃいけません。一刻も早く学校を閉めるべきです。そして授業料を返せば問題ないんですから」

でも私としては「経営者が代わっても何とかこの学校を継続させたい」の一念でした。それで結局三十万ドルを付けて譲渡することにしました。学校に借金はないという形で。

ただし当時の学校運営には、月に十万ドル（八百万円）ほどの赤字を出していたので、「最低百万ドル（八千万円）程度は出資金を確保しないと、学校は一年ももたない」と伝えていました。彼らは「自分たちで集める」と豪語し、実際に三十万ドルほどは集める目処が付いたようでした。しかし、引き継いだ直後に倒産してしまうのは避けたかったので、余計なおせっかいかもしれませんが、密かに手を打っていました。

教師たちが自ら会社経営に乗り出すに当たってアドバイスを求めていた人物がいました。その方は投資会社の社長で、彼が再建に乗り出した会社で再建を果たせなかった会社は一社もないという優れた手腕を持つ方でした。なかなかの人格者で私は彼とは話が合いました。その彼に私はある人物を引き合わせたのです。それは私の学校の買収に関心を寄せてきたトロントの上場企業の経営者でした。しかし私と接触が始まったのは、教師たちに学校を譲る意向を固めた後だったので、直接には関わることをあきらめていた人物です。後に、この橋渡しは学校の存続を支えることになりました。

譲渡のための会合にあたって大切にしたこと

組合に譲渡の話をしていた頃、会社が今にも倒産しそうで眠れぬ夜が続き、私は健康を害してしまいました。そのため一日でも早く学校を閉めるか譲るかしたいと思っていました。ところが譲渡の日を提案しても、

「とてもじゃないけれど、自分たちの考えがまとまらない」

と先延ばしを繰り返されるうちに、二〇〇九年の暮れになりました。時間を費やすのはかまわないが、このままだったら体がもたないと、二〇一〇年一月に経営責任から降りました。後任の選定はというと、要求には勢いのある教師たちも、いざとなると火中の栗を拾いたがらず

難航。最終的に、組合の委員長をしていた教師ともう一名の組合員が取締役に就任して、私と譲渡の詳細を詰めることになりました。

その二人とは、学校という公式の場で話をすると、どうしても労使関係という緊張が続くので、なんとかスムーズに話を持っていくためにと、私は週末ごとにカフェでのミーティングに誘うという行動に出ました。カジュアルな服装でフランクに、そして穏やかに会話をしよう。たとえ本音では相手へのネガティブな気持ちがぬぐいされなくても、会う前には〝I love you!〟の思いに意識的に徹して笑顔で迎えよう――そう努めてミーティングに臨みました。ところが話をしてある程度信頼関係が築けたかなと思っても、相手の態度から私を不信の目で見ているとわかって肩を落とすこともありました。それでも二カ月にわたるカフェでのミーティングの時、私は「愛の姿勢」に徹するために、いつもある物を持っていきました。日本でも「引き寄せの法則」を世に広めた本〝The Secret〟の第二弾、〝Power〟です。

「何読んでいるの？」

と聞かれて、

「いろんな人を通して無条件の愛を施すことがテーマの本なんだ」

と紹介しました。毎週その本を持ってテーブルに置いて、

「ここで怒ったりしてはだめだ。何を言われてもにこにこして」

と心で繰り返していました。

三十万ドルが果たした大役

そして二〇一〇年六月三十日、私は工面した三十万ドルと共に学校を譲渡しました。

「どうして三十万ドルもの大金をあげてしまうのですか」

と会計士や弁護士は異口同音に言いましたが、私の中では区切りがいいと思っていました。

というのは冒頭で述べた通り、当初野口氏からの三十万ドルの投資があってはじめてこの会社を立ち上げられたからです。このお金、この額が再び会社の出発に役立つのなら本望でした。

そして私の胸にはある思いがありました。

カナダに来る前に、ある霊能者を訪ねた際、

「あなたの人生の目的を知っていますか」

と聞かれました。

「わかりません。教えてください」

と答えたのに対して、

「あなたは過去の人生でリーダーとして組織をまとめきれずに悔やみ、今回の人生では組織の

統括を成し遂げられることを証明するために生まれてきたのです」

と教えられたことは忘れられません。それだけに会社に組合ができた時、

「また今回もだめだったか！」

と情けない気持ちになりました。

ところが、です。マイナス分の穴埋めをして会社を教師組合に譲った後、組合を代表する委員長が社長となったため、結果、組合は解消となりました。「組合を解消させろ」と外部からいくら言われても私自身からは言えなかったですし、それはたとえ「三十万ドルあげるから」と言ってもできなかった事でしょう。それが会社を譲ったとたんに組合が消えてしまったのです。もし将来自分の人生を振り返った時に悔やむ事があったとしたら、それはこの組合の存在だったでしょう。ですから、組合解消がどれほど私の心をストレスから解き放ってくれたことか。そして今も教師たちに憎まれる事もなく、笑顔で話ができるのです。

この大団円を目の当たりにして弁護士、会計士たちは言いました。「あなたのする事はカナダのビジネスの常識から外れていて道理にもかなっていません。馬鹿な事をするなと思っていましたけれど、あなたはやっぱり『ジャパニーズ・サムライ』なんですね。サムライ精神を学ばせてもらいました」と。

カナダも北米ですから、訴訟を起こしては二度と顔を合わせたくないという関係を持ってい

る人たちがたくさんいることでしょう。しかし、やはり敵は作りたくないですし、嫌われ者になりたくはありません。ただ何の考えもなくお人好しでやった事でなく、自分の信念から決めて実行した譲渡方法でした。大きな悩みだった組合問題。それがなくなったことは、今の自分の幸せにつながっていると思います。

5　学校の売却をめぐってのもう一つの話

前章では、学校設立後に結成された教師の労働組合との関係という観点から、私の会社経営の経験をお話ししました。ここではそれと同時並行的に私が奔走していた、学校売却についての出来事を紹介します。

学校立ち上げ当初、

「どのくらいの規模の学校にしたいですか」

と野口氏に尋ねられ、

「百五十人か二百人くらいでいいですよ」

と控えめな目標を答えたことには理由がありました。以前、日本で自分が勤めていた英語学校は、日本全国で大規模に展開していたのですが、私がカナダ校を立ち上げ直後、会社が潰れて社長が夜逃げ。そんな結末を迎えた「大手」の会社にはポジティブなイメージが描けなかったのです。


そんな私の思いをよそに野口氏は言いました。

「サミーさん、あなたの息子さんに誇れるような学校を作ってください。質でも量でも」

その言葉が私の背中をぐっと押しました。

「そうか、よし、ここを規模でも質でも世界に誇れる学校にしていくぞ」

頭の上にあった天井が取り払われて青空に手が届くようでした。

日本で営業活動を終えての帰国後、ある留学エージェントの方が日本から突然アポイントメントもなしに学校へ視察に来ました。

"Mr.Takahashi, Where are your students?"（学生さんたちはどこにいらっしゃるんですか？）

とその方が聞いてきました。学校内はイングリッシュオンリーの環境でしたから会話はすべて英語です。

"Can't you see that they are everywhere?"（ご覧ください、いっぱいいるでしょ？）

と言ったのですが、実際にいたのは二つの教室合わせて十五人ほど。でも私の頭の中ではものすごい数の学生がいるイメージがあって、完全にその世界に入り込んでいました。きっとその方は「この人何言ってるんだろう？」とあきれ返っていたことと思います。

十年ほどたって、ビクトリア、トロント、ブリスベンにも学校ができ、常時千二百〜千三百人の学生が在籍するようになりました。こうして右肩上がりで成長してきた学校に、

「あなたの会社を買いたい」

と言ってきた会社がありました。アメリカの大きな教育会社です。

「売却には興味がありません」

と返答したのですが、

「まあ、そう言わずに」

と先方はチームで押しかけてきました。

「ではいくらになるのですか？」

と尋ねたら、売り上げなどの会計資料を要求されました。その後、先方からはなんと「十ミリオンで（当時のお金で九億円）」と答えが返ってきました。

「えー！　十ミリオン？」

私はすっかり舞い上がりました。その時自分ひとりだったら一も二もなく、

「ぜひ買ってください！」

と言うところでしたが、日本にビジネスパートナーの野口氏がいるわけです。これはいったいどうしたら野口氏を口説けるだろうか……。「十ミリオンで買ってくれるというので、五ミリオンずつ山分けしましょうか」なんて言おうものなら、「ばかやろう！」と一喝されたうえに、こちらの浅はかさを知られてしまいます。まあ、だめならだめで仕方ない、でも十ミリオンなんて普通考えられないと思い、野口氏への話の持ちかけ方をカナダ人の友人に相談してみるこ

とにしました。その友人は、ビジネスコンサルタントで日本滞在経験があり、日本語がペラペラの人物です。コンサルタント料を払うと高いので、

「ランチをおごるから」

と誘い出しました。

「どうしても君にアドバイスしてもらいたいことがあるんだ。学校を十ミリオンで買いたいという会社が出てきたんだけど、私にはパートナーがいて会社の保有率も五十対五十だから、彼をどうやって口説こうかと考えているんだ……。何かいい知恵ないかな？　君は日本のこともよく知っているし」

とても頭の回転が速い彼は即座にこう答えました。

「サミー、君は論理で彼を口説こうとしているだろう？　大間違いだぞ。お前はここに長いこと住んでいるからそう考えるんだろうが、それだと絶対にノーという答えしか引き出せないぞ」

「じゃあどうしたらいいんだい？」

「情に訴えろ」

驚きでした。この人は北米の人間なのにこんなアドバイスができるとは、と脱帽しました。

その言葉にヒントを得て、単に儲け話や打算的な考えを前面に出さないだけでなく、業界の動きや先行きの不安を切実に訴えて共感を得よう、と考えつきました。こう意を決して、いざ

東京へ。

「今は、大きな資本を持った会社が小さな会社を買っていく流れですから、今が潮時だと思うんです」

そう話を進めたところ、幸い野口氏のオーケーはもらえました。そこから勢いづき、シカゴの先方の本社に招かれて本格的に売買交渉を進めたのですが、私は最後の最後まで教師組合の存在を言い出せずにいました。ところがある時それが先方にわかり、いったんは「それでもいい」という姿勢も示されたものの、結局はそれがネックとなってこの話は破談になりました。交渉には法的な文書も会計資料も必要で、その用意に費用も労力も費やしたわけですが、破談は仕方ないと受け止めるしかありませんでした。

それから三年ほどして別のイギリスの会社から買収の話が持ちかけられました。

「五ミリオンで買いたいのですが」

「十ミリオンという話もあったほどなので、半額ではちょっと……」

「今私たちとしてはここまでしか出せません」

「そうですか、たぶんもう一度くらいチャンスがあると思いますから。今回はご縁がなかったということで……」

こうして断ってしまいました。今思えば浅はかでした。でもその時は、どうして半額で売らないといけないんだよ、くらいに思っていたのです。

あらためて振り返ってみると、十ミリオンを提示した会社は、表では教育、教育と言っていますが、人使いの荒い、金の亡者と言うべきところで、売ったら後は関わりたくないようなところでした。それに比べて、この「五ミリオンで」と言った人はとても好感の持てる紳士でした。

そんな時代も去り、リーマンショックのあおりでたちまち経営状態が悪化。藁にもすがりたい状況に陥りました。

「買ってくれませんか？」

とあちこちに言って回ったのですが、たとえ興味を示してくれるところがあっても、経営状態をすべて見せると、

「あーとてもじゃないけど、こんな火の車だったら……」

と皆さん逃げるように引いていきました。

こんなやり取りを繰り返しながらも、あきらめるわけにはいきませんでした。この状況を知っている競合他社の方が、買収に関心のある会社のトップの人物の携帯電話の番号を教えてくださいました。唯一知っている連絡先だったので、失礼とは承知の上で、いきなり携帯に電話をかけました。

「ぶしつけですけど、こういう者です。英語学校の経営に行き詰まっています。この学校はとても質の高い素晴らしい学校です。しかし会社には教師組合があります。高いお金をくださいとは言いませんが、買っていただけませんか？」

最初から全部さらけ出そう、そう心に決めて話をしました。それから一カ月後、その方とバンクーバーで面会できました。話をしてみて驚きました。とても心が広く、こちらの言うことをすべて受け入れてくださる方で、最初のカナダ校立ち上げを一緒に行った友人のエド・ユーラーに似ていました（本書93ページ「心の友　エドユーラー」に彼との思い出を書き記しました）。こうした状況で買収話を持ちかけると、足元を見てくる人が多いのです。「買う」と言いながら「ただでよこせ」と言ってきたりもします。でもこの方はとてもフェアな方でこちらの姿勢を尊重してくださいました。前章で語ったように、彼はバンクーバーの学校は閉めて、そこに自分たちの学校を作ってバンクーバーから事業をスタートしたいと思っていました。しかし、バンクーバー校閉鎖だけは避けたいというこちらの意向を受け止めて、

「わかりました。ビクトリアとトロントからやりましょう」

と快諾してくださいました。さらに……です。この会社に学校名も譲ったのですが、バンクーバー校を引き継いだ教師たちから、

「名前は変えられない。変えてしまっては困る」

と強い要求が出されました。しかし同じ名前は使えない条件でしたから、どうするかと聞くと、教師たちは、

「世間で呼んでいる通称名をそのまま使いたい。先方と交渉してほしい」

と言うのです。そうしたところ、エドによく似た彼は、

「その通称名がこちらの正式名を意味しないのであれば使ってもよい」

と言ってくれました。そこまで心が広いとはと感服させられました。学校を手放した後も、私はこの方の会社で顧問として働く機会を与えられ、最近まで仕事をさせていただきました。


会社の売却が決まるずっと前、私が経営に困って不安で眠れない毎日を過ごしていた時、会社の元スタッフからEメールが来ました。私の窮状をよく知っている女性です。

「サミーさん、私、昨日夢を見ました。救世主が現れてサミーさんの会社が助かる夢を見ました」

私が、

「誰が救世主だったの？」

と聞くと、

「何せ夢のなかですから、はっきりとは覚えていませんが、サミーさん自身だったかもしれま

せん」

と返答があったのですが、この窮地から会社を救ってくれた本当の救世主は、この人物、ショーン・ハワードだったのです。

仕事のパートナーとして、私を力強く支えてくれたエドはもうあの世にいます。「こんなにいい人が世の中にいるものなんだ」と思えるほど、お人好しな人でした。そのエドの生き写しのような人物に出会えたこと。その幸運を思わざるを得ません。

6　TOEIC生みの親　北岡靖男氏

おそらく英語を学んだことのある日本人でTOEICを知らない人はいないでしょう。就職やビジネスのための英語力判定テストとしてすっかり定着しています。一九七九年に誕生し、今や絶大な知名度を持つTOEICですが、その生みの親が日本人であることは意外に知られていません。

私はその生みの親、北岡靖男氏に一九八六年ごろ、できたばかりの大阪ヒルトンホテルでお目にかかりました。第一印象は白髪の見るからに温厚そうな初老の紳士といった感じでした。今から思うとTOEICが世に誕生してまだわずか五、六年しか経っていなかったにもかかわらず、すでにその知名度はかなりのものであったと記憶しています。

その北岡靖男氏が神風特攻隊の生存者のひとりで、特攻隊員として終戦を迎えていることはほとんど知られていません。私も北岡氏の死後にそれを聞かされて衝撃を受けました。北岡氏は太平洋戦争後、進駐軍の使い走りとして働いて英語を身に付けたといいます。その後、雑誌『タイム』で有名なタイムライフ社の初代の極東総支配人を任されました。大きな時代の変わり目を肌で感じたことでしょう。米ドルが一ドル三六〇円の時代です。日本人のサラリーマンの月給は一万円程度でしたが、ニューヨークの本社からドル建てで給料をもらっていた北岡氏は、すぐに大金持ちになりました。ですが、そのお金で海外に別荘を建てるといった使い方はしないのが彼の生き方なんですね。これからの日本人は、もっと国際社会で通用する英語のコミュニケーション能力を高める必要があると考え、その指標となるテストの開発に私財をつぎ込んだのです。それまでも英語検定はあったのですが、英検のような日本語で行う試験ではなく、英語で行うグローバル・スタンダードなテストを作りたかったようです。

米国にTOEFLやSAT、GMATなどのテストを開発してきた機関、ETS(Educational Testing Service社)がありますが、ここに出向いてテスト作りを頼み込みました。ところが先方は「個人の取引には応じられない。日本政府を連れて来なさい」と突っぱねたそうです。

それからというもの、北岡氏は、とにかく永田町にオフィスらしきものを構えました。国会の政治家たちとなんとかつながりをと思ったわけです。そこで出会ったのが元通商産業省(現・経済産業省)官房長の渡辺弥栄司氏です。一九七二年、日中共同声明が田中角栄と周恩来から出されましたが、この頃、日中の経済交流促進を陰で支えた人物です。この渡辺氏を北岡氏の会社に会長として招聘し、再びETSへ出向き、「日本政府を連れてまいりました」と言ったのです。そしてねばり強い交渉の結果、TOEICが誕生したのでした。

「政府を連れてこい」と言われてもひるまず、TOEICを世に生み出そうとする不退転の決意と情熱。これこそ無から有を生んだ北岡氏の執念の生き様を表しています。北岡氏に影響を受けた人間のひとりとして、ぜひこのことは書いておきたいと思いました。

7　野口久雄氏との再会

私がカナダに来ることになったのは、某英会話スクールのカナダ校立ち上げがきっかけでした。ある日の日経新聞にバンクーバーに英語学校を進出させるという英会話スクールの社長のインタビュー記事が出ていました。当時、私が働いていたのは大阪でしたが、その翌日にはその英会話スクールの社長を訪ねて東京へ行っていました。

そして半年後にカナダへ移り住み、学校の場所を探し、講師を雇い入れて体制を作り、順調に学校をスタートさせました。そんな生まれたての学校が軌道に乗り始めてからほどなくしてバブルがはじけ、状況は一転しました。母体の会社は経営難に陥り、その後も本社は衰退の一途で、ついには会社を閉鎖し、社長は姿をくらませました。そんな状況の中でも、せっかく集まってくれたカナダ校の学生やスタッフを見捨てることはできないと、私は身銭を切って講師への給与を払いながら学校存続の道を探っていました。それには企業売却をと、売却先を探しましたが、事は思うようには運びませんでした。もはや沈む船を救い出すことはできない。この結論を受け入れるのは断腸の思いでしたが、私はそう判断するに至りました。

お世話になってきた提携先の日本の企業の担当者に「万事休すです」と自分の状況を報告し

に行きました。するとそのことが提携会社の親会社である企業グループの社長に伝えられ、その会長・野口久雄氏に面会することになったのです。それが野口氏との最初の出会いでした。野口氏は私の話を聞くと、「初めからやろう」と言って、新たな英語学校設立のために三十万ドルの資金を提供してくださったのです。驚きでした。後日、その理由を尋ねた時、「君は土壇場で逃げなかったからだ」と野口氏は語ってくださいました。そして一九九四年、野口氏と私が共同経営者の新たな英語学校がスタートしたのです。

その学校は追い風を受けてぐんぐん成長したものの、二〇〇八年のリーマンショックのあおりをもろに受けて、二〇一〇年には手放すに至ったわけですが、野口氏の方でも、周囲から湧き起こった歓迎しかねる噂への対処に心を砕いてきた様子でした。

私は自分の会社のごたごたから二年後となる、二〇一二年一月に野口氏に会いに行きました。それは自分の方がすべて片付いたと報告するためです。そこでお互いの思いを語り合いました。

「高橋さん、あなたが窮地に陥り私の援助を必要していた時に、助けることができなくて申し訳なかった」

と私のことを気にかけてくれる野口氏に、私は野口氏に降りかかった出来事について聞かずにはいられませんでした。すると野口氏は、心中いろいろあったけれども、

「せっかく築き上げてきたブランドを穢すことはしたくなかった」

と心情を明かしてくださいました。そして噂を否定して声高に真実を世に訴えるという方法は選ばす、社長職を辞任して静かに身を引くということで、自社のブランド名を汚さないことを最優先したというお話を直接伺いました。思った通りでした。私は野口氏への尊敬の思いを新たにしました。そして私の方からも学校のその後の報告をしました。

「おかげさまでオーストラリア、トロント、ビクトリアは買収先が見つかりましたが、バンクーバーの学校に関しては当初から悩みの種だった組合騒動があり、最終的に教師陣の信頼が百％受けられず、学校を閉めようと思いましたが、教師陣は『閉めるのならば譲ってほしい』と要請してきました。しかしその時には、学校の家賃や教師を含めたスタッフへの給与を毎月支払うために、学生から預かっている三〇万ドルに手を付けて運転資金としていたので、ただ譲るだけでなくその三〇万ドルの赤字を埋めろという過酷な要求も加わりました。彼らが学校を閉めさせないように時間稼ぎをしている間に三〇万ドルもの費用がかかってしまったのです。それに対して周りの弁護士や会計士たちから、そんな馬鹿な話には乗らず、とにかく学校を閉めて学生にお金を返せば問題ないんだからと言われましたが、もともと野口氏からの支援がなければ、この学校を始めることができなかったので、三〇万ドルというお金をつけて教師陣に学校を譲渡することは自分としては納得できる気がしました。周りからはおかしなことに思えたようですが、日本人としての美学と言えるかわかりませんが、自分の哲学としてやったことです。教師陣に学校を譲ってこれまで自分が理想として打ち込んできた教育の精神をこの学校の名前とともに引き継いでもらえたらとの思いでした」

こう語ってカナダへ帰国した後、野口さんから届いたEメールには「高橋さんの身の処し方を非常に尊敬し、共感します。素晴らしい決断でした。今後のご活躍を祈ります」とエールの言葉がありました。基本精神の一致をお互いに感じ取り確かめ合えたことで、心の奥で手と手をがっちりと握りあったような感慨がありました。

人間は主張したい思いがたくさんあるものです。特にプライドが傷付けられたり、思っていることと違う情報が世に流れたりすればなおさらのことです。そんなとき、世間に訴えることはできます。しかし、自分の愛し続けた会社名やブランドのためにそこをぐっとこらえる。その姿勢をどこまで分かってもらえるのかは、海外の人はもちろんのこと、同じ日本人でも推し測るのは難しいですが、それが日本人の精神、日本人の生き方の哲学ではないかと私は思います。

8　引き寄せのパワー・その一　『ザ・シークレット』という本が教えてくれたこと

私の経営していた英語学校のオーストラリア校のビジネスパートナー、バベット・ファースナーは私にとってスピリチュアルなメンターのひとりと言える存在です。"The Secret"は彼女が送ってくれた本でした。この本には、思いそのものにエネルギーがあって、望むと望まざるとに関わらず、発した思いに同調するものが引き寄せられていく。いい事はいい事を、悪い事は悪い事を引き寄せる……とあります。私はそうした宇宙の法則の話にどんどん引き込まれていきました。

その法則が働くかどうかを確かめたくて、駐車スペースを探すときに試してみました。駐車をしようと思う時にはいつでも「空いているんだ」と心に強く思うようにしてみたのです。すると、いくら混んでいても駐車スペースが見つかったり、空いていなくても目の前で車がさっと出て行ったりして、毎回面白いように駐車ができるのには驚かされます。それは単なる偶然にすぎないと思うかもしれませんが、何度も試してみるといいでしょう。以前にはこんなことはありませんでした。以来、引き寄せの法則と思えることに次々と気がつくようになりました。

パームリーダー（手相鑑定士）

有名なパームリーダーが来る、それもとても霊感が冴えた人だから是非会ってみてはと知人に勧められました。しかし、今の自分にそうした占いは不要なので必要な人がいたら紹介しようと、その時は頭の片隅に置く程度でした。正直なところ、さほど重要なこととは思っていなかったのかもしれません。

その話を聞いてから数日後、自宅で長男に話をしている時に、不注意で長男の机上の電気スタンドを倒してしまい、中の蛍光灯が割れてしまいました。「スタンドがないから勉強ができない」などと長男に言い訳されては困ると思い、すぐ買いに行くことにしました。中華街で買った中国製の物だったのですが、買った店では品切れでした。でも「リッチモンドの支店には在庫がありますよ」と店の人に言われたので、すぐその足で支店に向かいました。支店はランズダウン・ショッピング・モールにありました。蛍光灯を買って、ふと辺りを見ると「サイキック・フェア」と書かれた看板が目に入りました。近づいてよく見てみると「パームリーダーサンドラ・フィッシャー」とあります。それはまさに知人が紹介していた人でした。しかしサンドラさんはすごく人気があって、事前の予約なしで見てもらうのは難しいと聞いていました。ところが受付の人の返答は「三十分後だったら空いています」。これは何かの計らいに違いないと思い、見てもらったところ、彼女の千里眼の鋭さには驚きの連続でした。以来、たびたびお世話になっています。「サンドラさん……」と頭で思っていたら自分が引き寄せられてしまった不思議な出来事でした。

オーストラリアの学校・教育・オーストラリア人

こんな事もありました。私が日本に出張中、家から電話があり、長男が次男に不注意で怪我をさせてしまい、五針縫ったというのです。ずっと長男のふるまいは悩みの種です。この一件でさらに気が重くなりました。

翌日は日本からオーストラリアへ移動の日でした。ゴールドコーストに降り立つと、いつものように不動産業を営む高田さんが迎えに来てくださり、ひとまず高田さんのオフィスへ。

移動中の車の中、高田さんは、

「息子さんは元気ですか？」

と話しかけてこられました。

「いや……それが……長男が手に負えなくて……」

と打ち明けると、

「サミーさん、ゴールドコーストに全寮制のいい学校があるんですよ」

と高田さんの知り合いの子どもさんたちが通う高校のことを紹介してくださり、

「一度見に行かれては」

と提案してくださいました。そのまま高田さんのオフィスに立ち寄らせてもらったのですが、そこでも二人のスタッフの方たちが「いい学校ですよ」と口を揃えて私にその学校を薦めてくれました。スタッフの方たちの子どもも同じ学校だそうです。しかし、我が家はカナダで、こちらの学校はオーストラリア。名門の私立で試験もある。提出すべき成績表のことを考えても、これは現実味のない話と聞き流していました。ですが、スタッフの方が「来週から冬休みに入ってしまうので、この滞在中に一度学校を見られたらいいですよ」とさらに熱心に薦めてくださるのです。そこまで言うのならと学校の事務局を訪ねてみると、「ちょうど欠員があるので、ぜひ入学のご検討を」と予想外に前向きな返答でした。早速カナダから成績表を取り寄せて学校へ渡したところ、名門校にもかかわらず、面接もなく、すっと入学許可が下りました。

そこには訳がありました。事務局の人がこう言ったのです。

「私はこの仕事を最後にシドニーに引っ越すので、そのはなむけとして、あなたの息子さんを入学させてあげることにしました」

理由はどうあれ、ものすごいスピードで入学許可は下りたのですが、妻の同意が得られたわけでもなく、どうすべきかと悶々と考えていました。

カナダへの帰国はオーストラリアから成田経由のフライトでした。そのために一泊した成田で、三回も同じ女性と出くわしました。アメリカ人でスーさんと言いました。ホテルやショッピングモールでどういうわけかその女性と目が合うのです。三回目の時に私はこう言いました。

「もう三回もお目にかかりましたよね。僕にとってこれには意味があるように思えます。天が僕からあなたに話をさせるためにこういう機会を作ってくれたんじゃないかと……」

私の直感は外れてはいなかったようです。こう話しかけた私を違和感なく受け入れたスーさんは教育関係の方だったのです。私の思っていることを打ち明けたところ、

「息子さんはまだ十三歳ですよね。全寮制の学校ですし、北米からオーストラリアは一日半もかかります。よく考えられたほうがいいですよ」

と助言してくれました。

それでも答えは出せぬまま帰国し、翌日外出した先で車を止めて降りたら、男性がまっしぐらに私に向かって歩いてきて言いました。

「私はオーストラリアからきたホームレスです。ウィスラーにいる彼女のところに行くために二十五ドル必要なんです」

「おいおいちょっと待ってくれよ、そう言って僕を騙そうとするのはやめてくれ。私は何度もこういう事で騙されてばかりなんだ。おまけにオーストラリアってどういうことだい。昨日僕はオーストラリアから帰ってきたばかりなんだっていうのに。それにオーストラリアって言う

けど、君はオーストラリアのなまりなんかないじゃないか」

と言うと、相手の言葉が突然オーストラリアなまりになりました。その時ふと、もし息子がオーストラリアで本当に困り果てた時に誰かに助けてもらうには、目の前のこの人を私が助けるべきなんじゃないか――そう思えて二十五ドルを渡しました。すると男性は手の平にあった八ドルを私にくれました。おそらくこれで旅費はできたから、それまで少しずつ集めていたお金が必要なくなったからと私にくれたのだと思います。いまだにこの人が詐欺師だったのかどうかはわかりません。

ともかくこうした事が立て続けにあって、引き寄せの法則って本当に不思議だなと思っていました。ちなみに長男の留学については、いろいろ考えた末に見合わせました。

卒業生トシ君との偶然の出会い

英語学校を経営していた時、日本で大学を休学して語学の勉強に来る学生たちを大勢受け入れていました。彼らの中には、カナダでの勉強期間の後半、帰国後の就職活動に焦るあまり、「就活」に直結するＴＯＥＩＣの得点テクニックに焦点を当てた学校に移る学生が多くいます。丸岡君も同じ理由で転校を考えていた学生の一人でした。以前、春休みを使ってカナダに来た時はものすごい成果を出して帰ったのですが、二度目に一年間の予定で来た時には伸び悩んでいました。彼は野球が得意でしたので、私は丸岡君にぜひカナダの子どもたちに野球を教えることを通じて英語のコミュニケーション力を高めてもらえたらと思っていました。

そこで日本食レストランに彼を招いて説得しようと試みました。ですが彼は「いくらコミュニケーションができてもTOEICで八百点をクリアしないと就職の書類選考にも通らない」と言い張っていました。するとそこに「サミーさん、ここで何しているんですか？」とスーツ姿のトシ君という卒業生が私に声をかけてきました。後で聞くと、専門学校のインターンシップ中で、レストランへは飛び込み営業のために来ていたことがわかりました。

トシ君といえば、彼も以前TOEIC、TOEICと、点を上げることだけで頭がいっぱいでした。そして思うようにスコアが伸びずに自信をなくしていましたが、なんとあの場で話していた野球のボランティアで子どもたちと接し始め、子どもたちから羨望の目で見られるようになってから、ぐんと自信がつき、英語力も飛躍的に伸びていったのです。そしてそのままカナダの専門学校に進学し、今回の再会となったわけです。これはまさに引き寄せの法則で、トシ君は丸岡君のために登場してくれたようなものでした。そこまでお膳立てができていたのに、その場でそうとは気がつかなかったのです。もしそれに気づいていたら「トシ、君の体験を丸岡君に語ってくれ！」と頼んで、彼の話が大きな力になったに違いありません。そこに気がつかなかったのが悔やまれます。しかしながらトシ君の登場に「思っているだけで必要な人が現れるんだ。引き寄せの法則ってなんてすごいんだ！」と興奮した私でした。

物事に直面し、没頭している時にはわからなくても、ちょっと引いて客観的に現象を見ていくと、引き寄せの法則でつながっていることが見えてくる。そうした一面があることを実感しています。

9　ウチナーンチュの優しさに触れて・その一
タクシー運転手　嘉数さん

「いいところよ」

と言う妻の勧めで訪れて以来、毎年二、三度は沖縄で過ごすようになりました。行き始めた当初はリゾート地、観光地の印象でしたが、もっと沖縄を知りたいと、ある時、文化や歴史に触れられるという「おきなわワールド」を訪れてみました。そこから那覇市内に戻ろうと、家族四人でタクシーに乗り込み、私は助手席に座りました。

車内に「個人タクシー運転手、嘉数」と書いてあったので、

「なんとお読みするのですか？」

と尋ねると「かかず」だと教えてくださいました。沖縄らしい名前です。その嘉数さんが、

「ちょうど今日サトウキビを収穫したから、お客さん、持っていきなさい」

と私に言ってこられました。

「旅行中ですから」

と断っても、

「まあそう言わずに持っていきなさい」

とサトウキビを渡されました。正直、荷物が増えて困ったなと思ってしまったのですが、ビニール袋に入った二本のサトウキビを受け取って車を降りました。

降ろしてもらったのは那覇市内のカワイ音楽教室です。妻が長男のピアノの練習のためにと、スタジオを予約していたのです。そこで私は携帯電話がないことに気がつきました。私はよく物を置き忘れるのですが、この時も運転手さんとのやりとりの際に、持っていた携帯電話を座席横のポケットに置いて、そのまま忘れてしまったのでした。あーサトウキビなんてもらわなければ……。

それはそうと、旅行中とはいえ仕事の連絡があるかもしれないので、すぐに新しい携帯電話を買いに行きました。

ところが携帯電話のお店に行ってこの話をすると、

「お客さん、一日だけ待ってください。きっと見つかりますから」

と言うのです。しかし、そんな当てにならないことを言われても……と今すぐ買いたい気持ちがはやります。でもお店の人は、

「いや、お買いにならないでください。一日だけ待ってください」

の一点張りです。

長男のいる音楽教室の先生にその話をすると、

「明日まで待ってみたらいいですよ」

と同じことを言うのです。それで二件目に行かずに待つことにしました。それからホテルに帰って、食事をしている最中、

「そうだ、一応ホテルの人にこのことを伝えておこう」

と思いつき、フロントに行って話をしました。

「ちょっとお待ちください」

と言われて待っていました。すると、

「こちらでございますか？」

と私の携帯電話を差し出されました。驚きでした。

どう考えてみても、タクシーでは運転手さんの名前を聞いたりはしたものの、こちらの名前や滞在先のホテルなど話した覚えはないのです。おそらく車内での私たちの会話から推測して、滞在先のホテルを探し当てたのでしょう。ありがたいことに携帯電話と一緒にフロントには嘉数さんの名前と電話番号も残されていましたので、すぐに電話をしてお礼を伝えました。嘉数さんもすごく喜んでくださり、人の情の温かさに満たされて、その晩はゆっくり寝ることができました。ぜひこの感謝の気持ちを何かの形にしたいと思って、後日、琉球新報の読者の声の

欄に投稿しました。

その数年後のことです。バンクーバーの私の学校に「娘を入学させたい」と来られた親御さんが沖縄の人だとわかったので、私は、

「沖縄の人が大好きで……」

とこの一件を語りました。するとその方が、私の投稿を読んだ覚えがあると言うのです。小さな出来事ではありますが、投げかけた喜びが人々に共有されて再び自分のもとに……とうれしい思いが重なりました。

現代の日本人が忘れてしまったような昔の良さ、優しさを沖縄の人たち（ウチナーンチュ）は持っています。それにしても、少しでも高い携帯を売ろうとする商売人もいるなか、「お買いにならないでください」と言ったお店の人。その心意気は素晴らしいものです。

10 ウチナーンチュの優しさに触れて・その二
島袋永伸氏

第一印象は黒いスーツに身を包んだサムライ——そんな島袋氏との出会いの場は、五年前の留学エージェント主催のイベントでした。「夢実現のためにがんばっている人を支援したい」と行われたその会は、留学したいけれど資金がない人たちに熱い思いを語ってもらい、審査で選ばれた人が留学資金を獲得できる企画でした。

そこで審査員となったのは私を含めて五名。ニューヨークで活躍するＤＪ　ＫＡＯＲＩさんをはじめ、きらびやかなファッションに身を包んだ人たちが三名。私と島袋氏のおじさん二人組みとは対照的で、とにかく個性的な人物ばかりでした。

流行りのヒップホップミュージックが流れる会場に登場した司会の男女は、日英取り混ぜた軽いノリで進行。ところが応募者が夢を語るプレゼンが始まって、審査員たちが次々と質問していく段階になって私の意識が変わりました。どの審査員も、じつに核心を突く、ぶれない質問をするのです。特に私の心をとらえたのは島袋審査員の言葉でした。島袋永伸さんは沖縄の屈指の大手専門学校の理事長です。彼は終始一貫、全応募者にこう聞きました。

「わかりました。あなたのやりたいことはわかったけれど、そのことを通じて、あなたは日本の若者たちに何を伝え、何を残してくれますか？」

そんな視野の広い教育者と出会えて、この場が実に有意義なものに感じられてきました。

審査後に島袋氏と意気投合し、交流が始まりました。一緒に事を起こした最初のプロジェクトは、日本とカナダのカレッジ提携です。それは知り合ってから約一年後、島袋氏が理事長を務める専門学校日経ビジネスとBC州最大のカレッジであるブリティッシュ・コロンビア・インスティチュート・オブ・テクノロジー、通称BCITの提携プロジェクトで、その橋渡し役をさせてもらうことができました。また、沖縄の高校生がカナダに来て英語を勉強する短期留学も実現しています。これは沖縄県下の高校生に日経教育グループが奨学金を出して行うもので、島袋氏は県の教育委員会の後援も取り付けています。研修先は私の経営していたバンクーバーの英語学校です。このプログラムの主旨は、沖縄という小さな島を出たことのない高校生たちが初めて親元を離れて海外へ行き、英語研修を受けるというものですが、これを請け負った私の学校サイドでは、この研修を人間としての修行の場にしたいと思いました。安全な学習環境のなかで自分の力で何とかやってみるという自信をつかむことが大きな目的でもありました。

ところが順調に進められたこの研修プログラムも、二〇〇八年の秋のリーマンショックを境に、状況は一転してしまいました。これはひょっとしたら経営が続けられないかもしれない、そんな事態もありそうな雲行きでした。そうなると島袋氏の方に迷惑がかかるのではと思い、そのことを彼に伝えました。二〇一〇年の暮れのことでしたが、

「すぐに相談に乗りたいから沖縄に来てください」

と、バンクーバー沖縄間の渡航費用一切を送ってくださいました。

「とにかくいらっしゃい」

と。

ありがたく沖縄へ飛んでいくと、島袋氏はこう言われました。

「これまで三年間、沖縄の子どもたちをサミーさんの学校に送ってきましたが、そのおかげで単なる英語の研修だけでなく、人間的にも成長する機会を得て帰ってきました。とてもいいプログラムでした。今、あなたにやめられてしまったら、私たちは世界のどこに沖縄の子どもたちを送ったらいいんですか。何が何でも続けてほしい。援助は惜しみませんから」

また沖縄に行く度に、沖縄県立の高校での講演会を頼まれて私は話をしていましたが、この時ばかりは、ひょっとしたら半年後には自分の経営する学校が無くなっているかもしれないという危惧もあり、

「島袋理事長の名を汚すことになりかねませんから辞退したいと思います」

と伝えたのですが、

「そんなことはありません。サミーさんのあるがままを伝えてほしい。それでかまいません」

と毅然とおっしゃいました。

結果としては、その後に島袋氏から財政的な力を借りることはなかったのですが、「相談に乗りたい」と旅費まで送って助け舟を出してくださり、ありのままの自分を見ていただいたうえで、それでも講演を続けてと言われる思いに、ありがたさで胸がいっぱいになりました。こうした懐の深い稀有な人物にめぐり会えたことを心から感謝しています。

11　引き寄せのパワー・その二

大橋巨泉さん

もう十年ほど前のことです。本書で何度も登場する野口氏に社用で会いに行った際に「なかなかよかったよ」と、大橋巨泉氏の著書『人生の選択』を渡されました。大橋巨泉氏といえば、バンクーバーに氏の開いたギフトショップがあり、地元日系人にとって身近に思える存在です。氏の著書を日本から帰る飛行機の中で読んでいたところ、「毎年六月四日には必ずバンクーバーに行くようにしている」というくだりがありました。折りしもその日は六月四日でした。

もしかしたら……と思いながら飛行機を降り、空港で荷物が出てくるところへ行くと、そこに大橋巨泉氏が立っていたのです。思わず興奮し、本を片手に近寄って声をかけました。

「巨泉さんですよね。今、機内で巨泉さんのこの本を読んでいたところなんです。私は……」

と自己紹介すると、気持ちよく応対してくださり、

「お宅の英語学校に、知り合いがお世話になるかもしれません」

と言葉をいただきました。氏にはそれ以前にもそれ以後にもお目にかかったことはありません。著書を読んでいた日にばったり出会うという偶然はどこから来るのか。まだ私は引き寄せ

の法則など知らない頃でしたが、今思うとまさにこのことでした。

懐かしのバンド、アメリカ

昨年、米国留学時代のルームメートたちと再び連絡を取り合うようになって、また密な交流が始まりました。そんなことから学生時代にかき鳴らしていたギターに触れたり、当時よく聴いていた音楽を思い出したりしていました。中でも思い出深いのはフォーク・ロック・バンドの「アメリカ」です。自分の車に「アメリカ」のバンパーステッカーを貼るほど入れ込んでいました。今は便利なことにユーチューブがありますので、それで「アメリカ」の曲を聴いては、「『アメリカ』はやっぱりいいなぁ」と再びのめり込んでいました。

そんな頃、家族旅行でハワイのマウイ島へ行きました。ホテルで現地の新聞を開くと、目に飛び込んできたのがここマウイでの「アメリカ」のコンサート情報でした。しかも、私たちのマウイ滞在期間中の公演だったのです。すでに引退していてもおかしくない、今やシニアの集まりのバンドです。無数に存在するアメリカの音楽バンド。その中で「アメリカ」がここに来る可能性はいかほどのものなのでしょう。このタイミングといい、またもしてもやられました。

久石譲さん

今度日本に行ったら、久石譲さんのピアノ曲の楽譜とCDを買おう。そう心に決めていた二〇一二年二月の日本行きのことでした。お目当ての楽譜本を大阪の本屋で見つけることはできました。しかし、もっと好みの曲のたくさん入ったものがあるかもしれない。特に宮崎駿映画『千と千尋の神隠し』の挿入曲『あの夏へ』が入っていれば……そう思ってそこでは楽譜本を買わずに店を出ました。

ですが、翌日、大阪空港へと向かう直前、「やはり……」と思い直して、同じ本屋にもう一度立ち寄り、楽譜本を買ってから搭乗しました。

JALの機内では「西本願寺音舞台」というライブコンサートのビデオ映像が流れていました。そのライブの中心人物が久石譲さんだったのです。しかも「予定になかったのですが」とナレーションが入って、アンコールとして最後にもう一曲演奏されました。ぐっと胸に迫ってきたその曲はまさに私が楽譜を探し求めた『あの夏へ』だったのです。

沖縄を代表するグループ、ネーネーズ

お気に入りのカフェへクロワッサンとコーヒーを買いに行くのは週末の朝の日課です。二、三年前のある日、その日も朝起きてからカフェを目指して車に乗り込みました。今日はどのC

Dを聴こうかと思い、ふと手にしたのは沖縄出身のネーネーズのライブ盤でした。いつもは決まってバロック音楽なのに、今朝はなぜかネーネーズ。これはちょっとどうかなと思いながらもカーステレオで聴き始めると結構なノリで、思わず自分も大声で歌ってしまっていました。そうこうしてカフェの前に来たところ、びっくりするものが目に飛び込んできました。沖縄の獅子、シーサーの絵と〝OKINAWAN KID IN CAR〟と書かれたステッカーが貼られた車が眼の前に止まっているではないですか。日本でならこんな光景にも出くわすかも知れませんが、ここはカナダのバンクーバーなのです。とても不思議に思いながら、店内へ入って見渡すと白人の女性がひとり立っていました。私は思わず、

「すみません。あの表の車はあなたのものですか。沖縄のステッカーが貼ってありますが、沖縄に住んでいらしたのですか」

と話しかけました。するとその女性は答えました。

「息子のお嫁さんが沖縄の人で、今日はたまたま息子夫婦の車を借りてこのカフェへ来たのよ」

あまりに出来過ぎた誰かが仕組んだような偶然の出来事に微笑まざるを得ませんでした。

こんな具合に、まるでシソーラス（類語辞典）のように、思っていることと似たようなことが次から次へと繰り出されるさまに、そのたび驚かされ、また喜びをもらっています。

12　私に本気で助言してくれた中尾恵美さん

「お話ししたいことがあります」

ある日、中尾恵美さんが声をかけてきました。彼女はアメリカの大学を卒業後、私の勤めていた英会話スクールに入社してきた明るくはきはきとして、茶目っ気もある感じのいい女性でした。当時営業部と教育部を掛け持ちしていた私は、入社したての彼女への営業研修を担当しました。声をかけてきた時、彼女は入社三、四年目で教育部勤務、私は三十代半ばでした。

呼び出しをくらった私が、

「どうしたの？」

と尋ねると、彼女は開口一番、こう切り出しました。

「サミーさん、あなたがこの会社で出世しようとして一生懸命働いている姿を見るのは、私としては悲しいです」

それはどういう意味かと聞くと、

「サミーさんはこんなちっぽけな会社に一生を捧げる人ではないはずです。だから上司のご機嫌取りになって、少しでも役職を上げようとか、給料を上げようなんてことを考えたらだめですよ」

　ガーンと頭を打たれる感じとはまさにこのことでしょう。それはもうゴォォーンと轟音が鳴り響くようなものすごいショックでした。正直「生意気なことを言う小娘め」とも思いましたが、何とも痛いところを突かれました。何しろこの頃の私といえば、松下政経塾の研修を受ける以前で、上司に骨抜きにされ、悶々としながらも上司たちの望む身の処し方に甘んじていたのですから。それにしても年上である社員に、普通こんなことは言わないでしょう。しかも新人研修を担当した上司に、です。とにかく彼女はすっかり私の心の中をお見通しでした。彼女の言葉はしごく強烈で、私は自分のありさまを目の前に突きつけられたようで痛く恥じ入りました。

　でもこの助言のおかげで、私という「出る杭」が上司たちにこれでもかと打ち込まれていった状況の中でも、自分を失わない姿勢へと徐々にシフトしていくことができました。

　その後、彼女の社内での存在感は大きくなり、いつの間にか互いの間に距離が生まれて、親しく話をする関係ではなくなりました。そしてそのまま私はカナダに来てしまいました。

　連絡先など取り交わしていなかった彼女からメールが来たのは今から五、六年前。検索サイトに私の名前を入れてみたらバンクーバーにいることがわかったのだそうです。

「私は過去を振り返って生きるタイプではないけれど、サミーさんとジャッキー坂田のことだけはずっと気にしていました」とメールにありました。坂田君も同じく同僚です。そこから情報交換が始まって、彼女はニューヨークのマンハッタンに移って二十年になり、法律事務所に勤めていると知りました。私は恵美さんからもらった、この忘れられない助言の話をしました。

「あの時は呆然としてしまったけど、あの言葉がなかったら今僕はカナダにいないと思うから……。勇気あるアドバイスを本当にありがとう」

それに対して彼女は、

「当時から一言多い生意気な小娘でしたから、思ったことを口にしただけでしょう。でもサミーさんのお役に立てたのならうれしいです」

と返信を送ってくれました。

他人にズケズケ言うだけなら単なる生意気ですが、自分にも妥協せず世界に羽ばたいていった彼女は違います。上の立場の人に、おべんちゃらを言うのは簡単ですが、相手にとって耳の痛いことを伝えるのは難しくパワーもいることです。にもかかわらず、私のことを思って本音を言ってくれる友達がいる。その存在はとても貴重だと思いました。

13　心の友　エド・ユーラーの死

アメリカ出身のエドが日本に住み着いたのは、彼の娘がきっかけでした。京都が好きになって働き始めた娘。その娘に会いに訪れた日本に、エド自身もすっかり魅了されてしまったのです。そんなエドが英語講師をしていたのが、私が以前勤めていた英語学校でした。人柄もよく仕事もできる彼と共にカナダ校を開校したのは一九九一年のことです。二人で立ち上げ業務を切り盛りして、ようやく軌道に乗りかかったにもかかわらず、その後、母体の英語学校の資金繰りが厳しくなり、「カナダ現地に残る社員は一名のみ」と通達が来ました。その時、エドが残れるよう自分は身を引くつもりで、

「僕が君を誘って来たんだから」

と伝えました。しかしエドは、

「君がしたいと思って始めたことだから」

と、私にポジションを譲り、日本に帰りました。

その後彼はカトリック系の小学校の英語教師になりました。そしてチハルさんと再婚。幸せな暮らしを送っていたようです。エドの人柄はと言えば、この人ほど優しい人はいないと思う

ほどの広い心の持ち主でした。その彼を病魔が襲いました。全身の筋肉が弛緩して死に至る病が発症したのです。発病する以前に一度エドから「家を建てたんだ。昔の仲間がうちに集まるからサミーもこないか」と誘われたのですが、私は残念ながら都合がつけられず出向けませんでした。

毎年暮れにはエドと奥さんからのクリスマスカードが届きました。ある年、エド自身がサンタの格好をして写っているカードをもらっていたので、調子がいいものと思っていました。しかしその翌年、「エドが亡くなりました。大変お世話になりました」と奥さんから知らせが届きました。私はあの誘いを受けた時に会いに行けなかったことをひどく後悔しました。

それから一年が経って、奥さんから「エドとの暮らしを本に書きたいと思っています」と伺い、私は自分の知っているエドのことをぜひ奥さんに伝えたいと思い、お宅に伺いました。迎えに来てくれた奥さんに案内された家の中は、車椅子で自由に行き来できるようにとバリアフリーの造りになっているだけでなく、階段の代わりにエレベーターまで備え付けてありました。「エドが生きていた時のままにしています。私にとっては今もそこに彼が生きているんです」とエドの書斎も見せてくださいました。

奥さんからこんな話も伺いました。二人は結婚式を挙げていなかったので「結婚式をしよう。それも教会などでなく、自分の家で」と亡くなる二週間前にエドは奥さんに話を持ちかけていたといいます。そしてその日のために彼はバラを植えていたそうです。そして結婚式と決めていたまさにその日、エドはこの世を離れました。そして、その日に庭のバラが一輪だけ花を咲かせたのです。ロマンチストでちょっとキザな彼らしい計らいでした。魅力あふれるエドの思い出を大切にする奥さんの気持ちはわかります。「でも思い出だけにしがみついて生きていくことのないように」と祈るような思いで伝えて、二人の家を後にしたのでした。

それから五、六年経った去年の暮れのこと、突然、チハルさんからメールがありました。新しい出会いがあり、やっと笑顔を取り戻すことができ、今では一歳になる男の子がいると。エドのことはいつかきっと本にしたいとも。これでエドも安心して天国にいけるんだと思いました。

14　虫の知らせ

「虫の知らせ」という言葉にどんな由来があるのか知りませんが、虫の知らせといえば、まだ幼かった頃に聞いた、父方の祖母の体験を思い出します。祖父は公務員だったので帰宅は毎日決まった時間でした。ところがある日、帰りが遅いので、祖母が心配して裏木戸を開けて空を見上げたら、火の玉がすーっと飛んでいくのが見えたそうです。何か不吉なものを感じていたところ、まもなく祖父が車に跳ねられて亡くなったとの知らせがあったというのです。祖父の他界後、祖母は東京に住む私たちと暮らして始めて、私にこの話を聞かせてくれました。

また、母もこんなことを言っていました。やはり東京に住んでいた時のことです。真夜中、近所の家に泥棒が入った時、我が家も狙われていたようなのですが、誰もスイッチを入れていないのに、玄関の裸電球に突然灯りが点いて、泥棒が入らなかったらしいのです。そんな祖母や母の話から、身内に何かあった時は何かそうした虫の知らせがあるのかもしれないと子ども心に思っていましたが、中学高校と大きくなるにつれて、そんなことはあるわけがないと思うようになっていきました。

カナダに暮らす私のイギリス出張が決まった頃、高齢となった母は相当身体の具合が悪かったようですが、父は私を気遣って知らせませんでした。そうとは知らない私がイギリスのヨークの町に宿泊したところ、夜通し金縛りに遭いました。ホテルは荒涼とした土地にポツンと建っていました。「ここは昔の戦場の跡地だというし、金縛りに遭うのはそのためだろう。寝ていてこんなに苦しいなら、いっそ眠らず起きていよう」そう決め込んで迎えた朝に、母が倒れたと連絡があったのです。脳梗塞でした。我が家は長男が生まれて間もなかったので、カナダにいったん帰ってから日本の母を見舞いました。その時幸い、母は手術で命を取り留めました。母の容態を気にしながらカナダに戻ってきたのですが、ある朝私がシャワーを浴びていると、左手の親指の付け根周辺がビリビリしびれてきました。そのしびれ方が異常でした。「これは母に何かあったのかもしれない」と直感的に思いました。妻から電話があったのは出社してすぐのことでした。母が心筋梗塞で亡くなったことを告げる兄からの知らせがあったのです。

母の他界後、父は数年間元気にしていたのですが、冬の明け方、脳卒中で倒れました。意識があったのは半年ほどで、その後悪化して植物状態が五、六年続きました。そんなある日、また私の左手の手の平が、今度はやけどをしたようにみるみる真っ赤になってきたのです。まるで熱いフライパンの取っ手でも触ったかのようでした。そのうち今度は黒ずんできたので、あわてて氷水に手をつけたところ、一時間経ってようやく色が引いてきました。「これは何だろう」と思っていたところに兄から連絡があり、昨晩父の血圧が異常に上がって危なかったことを知りました。母の時といい、父の時といい、これが虫の知らせというものかと思いました。

こんな出来事もありました。昔、家族でよく寿司を食べに行った店がバンクーバーのキツラノにあります。子どもが小さい頃は、よくカウンターで板前の渡辺さんの前に座りました。渡辺さんは、ちょっと一品サービスといった親切をしてくださる方です。それから何年も経ったある日、夢に渡辺さんが現れて、いつものようにやさしい仕草でサービスしてくれていたのですが、突然渡辺さんの目から血が出てきたので、驚いて目を覚ましました。気になって翌日、店に行き、

「こんな夢を見たんですけど」

と伝えると、店のオーナーさんは、

「渡辺さんは今、緊急治療室にいて大変なんです」

と教えてくださいました。渡辺さんの体がぜひよくなってほしいという私の思いが、オーナーさんから渡辺さんに伝えられ、それから半年ほど経過した後、渡辺さんから電話をいただきました。私の夢に渡辺さんが現れた頃は生死の境をさまよっておられたようでした。そんな出来事から数年後、久しぶりに店を訪れたところ、渡辺さんが寿司を握る姿が見られて私は感無量でした。やはり一品のサービスも健在でした。体のしびれや夢も、気のせいだとか、偶然だとか言ってしまえばそれまでですが、何かがある気がしてなりません。

15　闇の世界を垣間見て

霊的な体験がこれまで数々ありました。ここではそのダークな面のエピソードをご紹介します。かつて経営していたバンクーバーの英語学校でのことです。ある時私が学校受付社員のステファニーに業務上の注意をしたところ、彼女は怒って仕事を放り出して出て行ってしまいました。ただの注意だけで、怒鳴ったり人格を傷つけたりしたわけではありません。それなのに職場放棄とはひどいなと思っていたところに、ステファニーと仲のいい同僚のアンナが、私の七階のオフィスにやってきて説教を始めました。

「いいですか、サミー。あなたがステファニーにどんな思いをさせたか、わたしの目をよく見て反省してください」

私は仕事として当然のことを言ったまでです。それなのに二時間もの職場放棄でしたから、それを許すべきとは思えないと述べましたが、アンナは納得しませんでした。

「どういうことを彼女に言ったのかよく考えてきて」

と一方的な姿勢です。らちがあかないので私は、

「わかった。考えてくる」

と答えました。事が起こったのはその後です。帰宅するために駐車場に行って車に乗り込んだら、どうしたことか右半身が動きません。それでもどうにかして帰ろうと車を運転していたら、みるみるうちに体が締め付けられるように痛くなってきたのです。おそるおそる運転して、なんとか家にたどり着きましたが、家でもある一定の姿勢でしか耐えられない状態が続きました。考えられる原因はただ一つ、会社でアンナから「私の目を見て」と言われたことだけでした。その時きっと私は暗示にかけられたのだと思います。まるで悪さをした孫悟空のように、三蔵法師に頭の金の輪を締め付けられているようでした。

「僕はアンナに呪いをかけられた。ブラックマジックをかけられたんだ

と言う私に、妻は、

「何ばかなことを言ってるの?」

と相手にせず、翌日の出社も妻からは、

「その体じゃ無理よ」

と言われましたが、

「とにかくアンナと話があるから」

と頼みこんで会社へ車で送ってもらいました。会社に着くとまっすぐアンナのところに行って言いました。

「こんなんじゃ仕事もできない。君は僕に呪いをかけただろう。この呪いを解いてくれ」

アンナはくすくす笑いながら言いました。

「そんなことは身に覚えがありません」

「嘘をつくんじゃない。僕がステファニーをいじめたからと報復のためにこんなことをしたんだろう?」

しばらくこうしたやり取りをした後、ついにアンナは言いました。

「わかったわ。許すわ。でも七十パーセント」

そう言った直後から、体がすーっと楽になってきました。

「七十パーセントなんて言わずに百パーセント楽にしてくれよ」

「じゃあ一つ、私にそんな力があるかどうか試してみましょうか」

「そんな、これ以上誰にも僕みたいな苦しみを与えないでくれよ」

と頼みましたが、アンナはこう言いました。

「この職場に私の嫌いな人がいるから、痛めつけるわけでなく、ちょっと術をかけてみて、もしかかったらあなたを百パーセント許してあげるわ」

彼女は自分の上司に頭痛が起こるよう術をかけて、その上司が頭痛を訴えるかどうかを試してみるというのです。その後、ほどなくしてその上司は本当に私のところに頭痛を訴えにきました。恐ろしいことです。

「君はそういう力をあやつれるようだが、その力をむやみに使ったら自分に返ってくるぞ」

アンナに対して諭すように話をしているうちに、私の体が楽になっていきました。そのうち、彼女は自分の体験を語り始めました。南米を旅行してピラミッドに行った時のこと。安置されているミイラを見ていたら、ミイラが叫ぶように彼女に訴えてきたと言います。ミイラ自身がどんな形で死に、どんなことをされたかと。

やはりそうなのです。アンナにはそうした目に見えない力をやり取りする能力があると確証を得ました。これではまたいつどんな目に遭うかわからないので、なんとかしなくては思っていたところ、たまたま通っていた気功の先生がいい事を教えてくださいました。イメージを使ってエネルギー的に自分の身を守るテクニックです。自分の周り、自分の大事な人たちの周りにシールドを張るというその方法を、アンナと接するときには毎回使ってみるようにしてきました。

もう一つ似た体験があります。先の一件から学んだおかげで、あらかじめ予期できればシールドを張れるのですが、そうでない時もあるわけです。この体験は東京・山手線に乗って移動中のことでした。出張に同行していた社員の山田さんから、

「サミーさん、サミーさん、あそこの人」

と耳打ちされ、彼女の視線を追ってみると、向かいの座席にいたのは女の子でした。その子の印象を一言で言えば「死神」でした。「死神だから見ちゃだめだ、見ちゃだめだー」と思っても、ついつい好奇心にかられて見てしまいました。どこか現実の三次元ではないところにいるような感じで、服装はコスプレです。その若い女の子が履いている白い網タイツのひざ下から長い引っかき傷があって血が流れていました。体からは氷のような青い光が出ている感じがしました。

「見るな！　見るな！」

と山田さんに言っているうち、その女の子は原宿辺りの駅で降りていきました。

その翌日、大阪に移動して神戸出身の卒業生と楽しく食事をして、

「また会いましょう」

と互いに元気よく挨拶を交わして別れたのですが、ホテルの部屋に入ると楽しかったはずの気分から一転して、体がぐったりとしてきました。なぜか部屋には線香のにおいが漂っていました。気分の悪さを流そうとシャワーを浴びたところ、もっと気分が悪くなり、マッサージでも受ければ変わるかと思って頼んだところ、さらに気分が悪くなって、どうにもならなくなりました。こんな旅先で倒れるのは嫌ですから、力を振り絞ってホテルのフロントに行きました。

「気分が悪いのですが、救急車で運ばれることになっては嫌ですから、自分で救急病院に行き

たいのですが……」

　病院の救急患者受け入れ拒否との報道はよく聞いていましたが、その通りでした。フロントの人が私に、

「お客様、すみません。もうしばらくお待ちください。ここの病院もだめでここもだめで……」

と申し訳なさそうに伝えてきました。もう気分の悪さはピークに達してきて、冷や汗が出ました。

「お客様！　見つかりました！　今タクシーをお呼びします！」

三十分も待たされた私は気を失う寸前のところまできていました。タクシーの運転手さんからは、

「お客さん、もうちょっとで着きますから！」

と激励されながら新大阪の済生会病院にたどり着いて診てもらったのですが、診断は、

「なんともありません」

でした。

「でも先生、苦しくて苦しくて」

と訴えたのですが、血圧も問題なく異常は見当たらないというのです。仕方なくその日はこちらからお願いして精神安定剤を打ってもらって、ホテルに戻りました。その夜は大丈夫だっ

たのですが、やはり翌日の晩、同じ状態が起こりました。その時は地下鉄でその同じ病院に向かい、違う医師に診てもらえたのですが結果は一緒でした。

「サミーさん、部屋を替わられたらいいのでは」

とある方からアドバイスされて、翌日の宿泊はホテルを変えてみると何も起こりませんでした。ホテルに問題があったのか、はたまた東京から死神を連れてきてしまったのかはわかりません。こんなことを本に書くと頭がおかしいと思われそうですが、事実は事実なのだからしようがありません。

ちなみに、カナダに帰ってきてから医師に心電図を計ってもらい、霊の仕業ではないかと自分の所感を伝えたところ、

「私は科学者です」

ときっぱり言われたうえ、

「ほら、こうやって、呼吸を自分で荒くしていったら息ができなくなるでしょう」

とまったくとりあってもらえませんでした。それも仕方のないことです。科学が森羅万象をすべて解明できるわけではないのですから。

16　闇の世界を垣間見て　続編

　私の学校の経理課で働いていた久美子さんは、普段、私の言うような不思議話はまったく相手にしないタイプの人です。ある時、彼女にシドニーへの出張を依頼し、ホテルは私たち家族が以前行って気に入ったところを薦めました。The Rocksという歴史的な地域に建つそのホテルは、古いレンガ造りで中央の空間は吹き抜けになっている、とても趣のある建物です。

　出張中の彼女から電話がかかってきました。ホテルの部屋にゴーストが出たというのです。夜中に突然、キーンと高い音が聞こえたそうです。それはまるで昔のアメリカ映画に出てくる場末の酒場に置かれたピアノの音のようで、その甲高い音が鳴ったかと思うとゴーストが現れ、自分のベッドの上をのしのしと闊歩したのだとか。久美子さんは怖くて怖くてたまらなかったようです。同じホテルに、シドニー校責任者のバベットも宿泊していたので、久美子さんは翌朝バベットにこのことを相談したそうです。バベットは、自分が鎌倉の古民家に暮らしていた頃、よくゴーストを見ていて、そんな体験を平気で話す人です。バベットからのアドバイスは「部屋の四隅に塩をまくように」でした。しかし、久美子さんはそれをしなかったようです。そして翌日もまたゴーストを見てしまったのです。今度はすぐにバベットを部屋に呼んで、バベットからゴーストに語りかけてもらったそうです。

「あなたはここに居るべき人じゃないから近くの仏教寺院に行って成仏しなさい」

その諭しは効き目があったようです。とにかく彼女にとっては一大事でした。百聞は一見に如かずと言いましょうか、

「聞いてください！　サミー」

と、電話口の向こうで大騒ぎしながら延々と語る久美子さんの様子が私には滑稽で滑稽で仕方なく、笑いがこらえられませんでした。それにしてもこのホテルに私たちが宿泊した時には、屋上にあるジャグジーに妻などは夜中に一人で嬉々として入りに行っていましたから、その対照ぶりもおかしいものです。

後日バベットとこの話題になったとき、

「サミー、あそこは昔の刑務所よ」

と、そこにまつわる話をしてくれました。The Rocksはイギリスからの罪人が送られてきて、その処刑場が残っている地域だとか。そしてシドニーには夜に催行されるゴーストツアーまであります。

バベット、シドニーといえば、こんな体験もあります。彼女と学校の設立場所を探していた際に、二人とも気に入っていた場所がありました。そこも古いお城のような建造物でした。物

件を見る時には、ビルの管理人に案内してもらうのが普通ですが、この時はすでに一度案内を受けて部屋を見た後だったので、自分たちだけでビルに入りました。入って直後のことでした。ビルの入り口付近でバーンと音がしました。"Hello? Hello?"と声をかけましたが、反応がありません。どうやら警備の人が、外から施錠用のバーをかけて出て行ってしまったようなのです。二人で暗いビルの中に閉じ込められてしまいました。その時、ここは自分たちが気に入っている場所だけれど、ひょっとすると私たちの学校には向かないというサインなのかと思えました。ともあれ暗がりの中を歩いて、なんとか出られるところを見つけ出して、脱出した記憶があります。

17 アイディアマラソンの発案者　樋口健夫氏

四、五年前に日加商工会議所から案内され、参加したのが「アイディアマラソン講習会」でした。講師は樋口健夫先生。先生がバンクーバーの空港に降り立ってから、わずか一、二時間後の講習会です。そこからして「アイディアマラソンを伝授したい」という意欲が満ちていました。

樋口先生の経歴はというと、大学時代オーストラリアに一、二年暮らした経験から、将来オーストラリアに赴任できる企業にと、同国に進出していた大手商社に就職。ところが期待に反して、オーストラリアに赴任したことは一度もなく、駐在したのは中東で、サウジアラビアに七、八年、そしてネパール駐在も経験されたそうです。樋口先生はその現地オフィスで任された商品開発の仕事のために、頭に浮かんだすべてのことを一冊のノートに書き込むことを始められました。イラストなどもどんどん書き込む。項目によってページを分けたりせずに続けて書いていく。それが樋口先生のアイディアノートの方法です。多くの人はその場にあった紙切れにアイディアを書き付け、その後、メモをどこに置いたか忘れてしまいがちですが、一冊に書いておけば問題なしというわけです。

この方法のヒントとなったのは、細かく記録を付けていた発明家エジソンやレオナルド・ダ・ビンチの習慣だったそうです。樋口先生自身も発明家であり、ノートに書いたものはパソコンにも取り込み、アナログとデジタル、両方を使いこなしていらっしゃいます。

アイディアマラソンを始めた人には樋口先生から「もし途中でやめてしまってもまた始めてください」「やめてしまってもまた始めましょう」と、二週に一回程度Eメールが来て継続を後押ししてもらえます。

アイディアマラソン講習会は、ある意味、私にとってはお付き合いで足を運んだ会で、正直なところ多くのものを期待していませんでしたが、そこから始めたアイディアノートが今では十冊目の終わりにきています。確認が必要な事を書き付けては、確認が済んだらチェックマークを入れます。チェックマークが入っていないものは新たに書き写し、解決するまで書いておくようにしています。これはすっかり私の習慣となっています。

二〇一二年の初め、樋口先生に数年ぶりにお目にかかりました。私にとって年上の方ですし大先生なのですが、お会いした時には先生の方がウキウキして、どこかピクニックにでも連れていくように、いそいそと私をレストランに連れていってくださいました。その時、先生に書類一式を渡されました。大学の博士課程の入学願書の書類でした。奥様は修士号を持って大学で教えている方であり、先生ご自身は、

「自分くらいの年になると修士を飛ばして博士号を取れる大学がある。私はそれをやっている」

と語り、私にも、

「ぜひやりなさい」

と勧めてくださいました。

先生は個々の創造力を数値で測定できるテストを考案したいそうです。そこで私には、

「グローバルな人材であることを客観的に測る尺度がないので、それを研究開発すれば日本の社会に役立つと思う」

と提案してくださいました。

ちなみに私が経営難に直面していたとき、先生は私をオーストラリアのビジネスパートナーのバベットと一緒に自宅に招いて、奥様の手料理で励ましてくださいました。

先生は会社や大学の講師として、日本のみならず、アメリカ、カナダ、ドイツ、韓国にも出向いてアイディアマラソン普及のために精力的に活動されています。ぜひ多くの人がアイディアマラソンのことを知り、活用してもらいたいと思います。

18　英語のミドルネームをつけよう

今から三十五、六年前、アメリカに留学した頃から、「サミー高橋」と英語の名前を名乗っています。数年前、最初の自伝を出版しようとした際に、出版社とこんなやり取りがありました。

「『サミー高橋さん』って、ペンネームでしょ。ペンネームで本は出せませんよ」

「なぜだめなんですか」

「それって本名じゃないでしょう」

「でもここに書いているのは本名、高橋夏樹の人生ではなく、サミー高橋の人生そのものですから、それでしか出せません。それがダメなら他の出版社を当たります」

こうきっぱり伝えてようやく、

「わかりました」

と了解を得ました。

ペンネームや芸名などで本を出す人などわんさといるのに、どうしてだめと言われたのかは大いに疑問です。でもまあそれはよいとして、思えば、アメリカに行ってサミーと名乗り、英語を話すための自分の人格を思い切って作りあげてしまったことが、自分を夢の実現を後押しする大きな力になって働いたと、年を経た今つくづく思います。

「自分に英語の名前を付けよう！」と前に経営していた学校でよく学生に話していました。日本人のおとなしさ奥ゆかしさは、英語の上達にはマイナスで、積極的な態度がプラスになるのは明らかです。そういった「英語を話せる人格作りのため」に、しかしそれ以上に「自分の夢に向かって邁進するため」に新しい名前を付けてはどうでしょう。

状況が整わない、自分の力が足りない、自分には無理と言っては夢を夢のままで置いている人たちがいます。そう言って足踏みしているなら、新しい名前に夢を託してみたらいいと思うのです。「この名前の自分は、理想の自分。周りの環境に左右されずに夢に邁進していける自分だ」――こう暗示をかけてみたらいいのです。きっと自分の殻を破って、なりたい自分に近づくいいツールとなるはずです。ちなみに私の場合はミドルネームにSammyを入れてNatsuki Sammy Takahashiという名前でカナダの運転免許証を取得しています。

英語名の付け方にはこんな実例があります。たとえばユリだったら、そのまま英訳してLilyに。ただ末尾にyが付くと子どもっぽい印象があります。yを取ってLilとすると逆に大人っぽい女性と映ります。昔DJの小林勝也という人がいましたが、カツヤだったら「勝利」の意味からVictor。今はこういう名前は少ないと思いますが、女性でカツヨだったらVictoria。名付けをした私自身、「これはイケタな」と思った名前は、イクオ君のイクからIke（発音はアイク）。イタル君の場合は、漢字が「格」だったので、ダジャレでKirkと付けたりしました。一番の当たりだったのはヨシタカ君。この手の名前はYoshiと呼ばれる人が多くて、それでは面白くありません。彼は関西出身なので、関西弁でよく言う「よっしゃ」に引っ掛けてJoshua（ジョシュア）と付けました。彼は気にいって、自分のことをジョシュと名乗り続けています。

ちなみに、こんな話をしていた時に、学生から「私も名前を付けてほしいんですが、おいくらですか？」と聞かれて苦笑しました。

19　ボランティアで子どもたちに野球を教える日本人

自分が小学校、中学校と野球をやっていたこともあり、男親として息子とキャッチボールをするのは長年の夢でした。そのこともあって、長男とはキャッチボールらしきことを三歳ぐらいの時から始めていましたが、本人自ら野球がしたいと言い出したのは小学六年になった二〇〇七年です。息子の少年野球チームに私自身も関わるうちに、これは英語学校の学生たちも経験するといいのではと思い付きました。学生は子どもたちに野球を教え、子どもたちから英語を教わる。そんな交流が自信につながると思ったのです。それで自分が経営していた英語学校で、野球部の経験のある学生たちに野球チームでのボランティアを勧めました。

最初の経験者は佐々木君。甲子園へ出場した野球部でプレーしていた青年です。彼には自分の甥っ子ということでチームに参加してもらいました。少年たちに野球を教えながら英語を学んだ経験を、佐々木君は就職活動に上手に活かすことができました。彼に肩車をしてもらいながら長男のプレーを見ていた次男も翌年には野球を始めました。その頃、福岡出身の新田スグル君がそのボランティアに興味を示したので、チームの練習に連れて行きました。順序立てて彼をコーチに紹介しようと思っていたのですが、彼はいきなり初対面のコーチの前に進み出て、

"My name is Suguru. Nice to meet you. Can I help you?"

と口にしました。シーズン初めての練習で、初対面の子どもたちにチームの規則を一つ一つ説明していたコーチの表情はいきなり険しくなり、強い口調で言いました。

"Not right now."

そんな反応に新田君は面食らったに違いありません。私は二人に悪いことをしたと思いました。やがて練習が始まりましたが、彼はずっと子どもたちのボール拾いをしていて帰るそぶりはありません。練習が終わると、彼は再びコーチの元に行って、自分は小中高と野球をやっており、今はここで英語学校に通っている。チームの手伝いがしたい、と話をしました。その希望はかなって、新田君はそれからチームの練習に参加するようになりました。

ある雨の日の練習で、新田君はコーチから、

「スグル、二塁ランナーになってくれ」

と頼まれました。どしゃぶりの中、二塁ベースに立ち、コーチの叫ぶ、

「（ベースに）足を付けろ！　放せ！　付けろ！　放せ！」

の指示に戸惑いながらも、懸命にプレーしている姿が目に焼き付いています。彼の当時の英語クラスは下から二番目のレベルでした。言葉の壁はありますが、その壁も乗り越えてのめり込んでいく学生たちに言葉は関係ないという感じがしました。

その後の少年野球リーグ戦の開会式で、六百人ほどの出場者がダンバーパークに集合しました。大勢の人たちの中で日本人学生は彼一人だけです。新田君が選手やコーチとともに堂々と入場行進する姿はとてもまぶしいものでした。

ある日の練習の帰り、いつものように彼を車に乗せて送る時に、

「今日はキツラノビーチで降ろしてください」

と言われました。経営していた英語学校では「トーキングコンテスト」と称した企画があり、それはひと月で五十人以上のカナダ人に英語で話しかけてその記録を持ち帰ったら合格となるものでした。

「パークに行って、これで五十人と話してきます」

彼はアンケートを用意していて、ビーチの公園にいる人に「この近くで一番人気のあるレストランはどこですか?」と質問して回ったのです。

一番人気はVera's Burgerという店でした。彼はそれからその店に行き、アンケートのデータを見せて、ここで働きたいと告げて、見事仕事をゲットしました。それから八カ月間、彼はハンバーグを焼く仕事をしながら野球のボランティアをしたのです。そして秋から英語学校に戻った時には三つ上のクラスに飛び級しました。

「スグルに続け」とばかりに、その後の野球ボランティアの学生も、「僕は今学校で英語の勉

強をしていて、スグルからここのお店の事を聞きました。僕も野球を教えています」とアタックし、新田君に続いてVera's Burgerでの仕事をゲットしました。そしてこのコネクションは三年間続いたのです。控えめな印象の新田君ですが、ひとつの道を切り開いた人物になりました。長男にとっては三年目、次男には二年目のシーズンに、次男は強い野球チームに入りました。そのチームで手伝ってくれた二人の学生の一人、新井君はこまめに練習に参加してくれました。幸運に恵まれてチームはレギュラーの大会で優勝できたのですが、プレーオフになったとたんに負け始めました。負け知らずだったチームがどうしてかと、私が新井君に尋ねると、

「こんな練習で勝てるわけがない」

と言うのです。ではどんな練習がいいのかと聞いたところ、練習中の相手チームを指差しました。

「あのチームを見てください」

相手チームの守備練習は、コーチが強打するランダムな打球を捕るという実戦的なものでした。それに対し我がチームでは、コーチが投げる球を捕球するだけの「お手柔らかな」ものです。私は言いました。

「僕はよくわからないから、君からコーチのデイブにそう言ったらいい」

「そんな……僕がチームの事に口出ししていいんですか?」

「それをしたらチームが勝てると君が思うんだったら、君が言うべきだ。本当にチームの事を思うんだったら言ってきなさい」

その言葉に促されて、彼はコーチのところに行きました。デイブはあっさり「わかった」とその練習を採り入れてくれたのです。それからは一気にエラーが減って、結局プレーオフも優勝。新井君の功績は大きいものでした。

しかし、紹介した学生のみんながみんな新田君のようだったわけではありません。彼と対照的だった学生もいました。同じく野球のボランティア学生で、日本では高校の英語の先生をしていたとても真面目な若者です。コーチのデイブに彼を紹介して、デイブが"Do you speak English?"と質問した時、彼はとっさに"Only a little."と答えました。正直、その答えにはがっかりしました。日本人らしく謙虚なのはわかるんですが、こういう場面では"Sure.""Of course."くらいは言ってほしいものです。地元の人間にしてみたら、ベーシックに英語ができるからボランティアに来ていると思うはずです。英語が話せないないなら、君は必要ないと言われかねないですから、ここは日本人的な謙虚さや謙遜は抜きにして、堂々とコミュニケートしてもらいたいと思います。

二〇一二年に入って英語学校の経営から離れた今、もう学生ボランティアの紹介から手を引いてもいいかと思っていたら、「コーチが辞めて困っている」とチームの世話役の人から相談されました。そのため誰かふさわしい語学留学生が来ていないかと、私が以前経営していた学校に尋ねてみると、適任者が数人いました。その一人、愛知の大学野球部でピッチャーを務め、休学して語学留学中のリョウ君はかなりのツワモノで、百八十五センチの長身から投げ下ろす球のスピードは百五十キロを超えていました。もう一人、チームに紹介した学生のユウスケ君も強豪の高校野球部出身の若者です。

二人がキャッチボールを始めると、その速球ぶりに子どもたちから「うわーっ」と歓声が上がりましたが、いざ彼の球を打つ段になると、子どもたちはみんなおびえていました。投手と捕手はある程度信頼関係が必要なものです。その球を受けるキャッチャーにとコーチが指名した少年はなかなか上手な子なのですが、初めて会う、それもマウンドに立っただけでも迫力のあるプロ級速球投手リョウ君を前に緊張して顔がこわばっています。結局、誰一人としてリョウ君の球を打ち返すことはできなかったのですが、練習後、コーチが子どもたちにリョウ君と握手をするように促して少し和んだおかげもあってか、二回目の練習になるとみんな落ち着いて球を見ることができ、バットに当たるようになりました。これはなんとも頼もしいものだと思いました。

リョウ君はその後、チームのピッチングクリニックにやってきたＵＢＣ（ブリティッシュコロンビア大学）野球部の副監督から「今度練習においで」と誘われて喜んでいました。大学卒業後、彼はノンプロの社会人野球をやっていきたいそうです。英語の方はまだまだのリョウ君ですが、新田君同様、臆することなく堂々としていることで言葉の壁を越えています。

学生ボランティアも六年目になり、今ではかなりの数の学生が経験したことになります。相互にいい効果を生んでいるこのボランティア紹介をこれからも続けていけたらと思っています。

20　個性ある就活の勧め

　四月頭、日本は入社式真っ盛りの頃、電車には大勢、新入社員か就活中と思しき人たちの姿がありました。みんな同じようなデザインのスーツを着ています。まるで小学校一年生の入学式か、詰襟の学生を見ている気分がしました。そこにはあえて個性を出さない姿勢が見られます。

　せっかく普段個性豊かなファッションで自己表現を楽しんでいる学生たちも、就職活動となると、まるで兵役にでも行くように、髪の毛もきっちりとして、百人が百人とも同じような格好をしています。そうした堅苦しいお決まりの格好で就職試験に通ったならば、入社後にのびのびと個性を生かして活躍しようというのは難しいでしょう。社会に出て自分の人生をエンジョイしていくに当たって、それではひじょうに寂しいなと思います。服装にも個性を前面に出して、極端に言えば耳にピアスをして就活してもいいはずなのです。しかし現実にそのように行動できる勇気ある学生はなかなかいません。せっかく日頃自由にファッションをエンジョイしているのに、仕事で"Undo"（アンドゥ）にしてしまうのはもったいないものです。

　確かに会社には歯車になる人が必要ですが、リーダーになる人も必要です。皆が黒のスーツに白いシャツならば、リーダーを希望する人は、ピンクのシャツを着てみるとか、茶の靴で決めてみてはと思います。そうすると目立ちますから、面接の際に「どうして君はそのような格好をしているんだい」と聞かれることでしょう。その時が自分をアピールできるチャンスとなるのではないでしょうか。

こんな話をする背景には、私の就活体験があります。無理やり自分を型にはめるのが好きではなかった私が、十九か二十歳の時に道場荒らしのつもりで英会話スクールに乗り込みました。英語が好きでしたので、英語講師に採用されるかを試そうとしたのです。その時の出で立ちは、スーツにネクタイではなく、グレーのタートルネックのセーターに茶のコーデュロイのパンツ、上にはグリーンのトレンチコートを着ていました。おまけに当時の髪型は長髪です。スクールの受付で〝Excuse me. I'm looking for a teaching job. I'd like to teach English.〟（英語講師になりたいのですが）と最初から英語で伝えました。すると受付の人が、すっと中へ通してくれて、応接室で面接を受けている最中に二人の大学生らしき男性が現れました。「失礼します。英語を教える仕事を探しています」と日本語で言うのが聞こえました。どうするかと思っていたら、私に応対していた社員が彼らに向かって、

「あなたたち、仕事がしたければ少なくともスーツくらい着てきたらどうですか」

と断って中に通しませんでした。この対応は私には新鮮な驚きでした。そして、また私のと

ころに戻ってきて、英語で応対を続けて私に試験も受けさせてくれました。この体験をして、私は「これだ！」と思いました。服装を理由に後から来た志願者を断った社員でしたが、格好で決めるのならばその場で私を断っていたはずです。「人は見た目が九割」などとも言われますが、本質を見る人は違う。そう知り得た経験でした。

私が経営していた英語学校で出会った学生たちは、バンクーバーで私のことを「サミー」と呼んでくれていました。日本では生意気と取られるかもしれませんが、そのくらいのびのびと行動していたのに、日本に帰ると縮こまってしまっているのが残念です。

つねに学生たちに伝えているのは、生意気なことと礼儀を知らないこととは別だということです。礼儀を知らないのは困りますし、謙虚であることも必要ですが、若いうちは生意気だと思われるくらい自己アピールがあってもいいと思うのです。それくらい強烈なパワーがないと、なかなか人を動かすことはできないものです。そのためには皆と同じ格好をせず、少し変えてみること。それは自分を前に押し出す力になるはずです。

服装だけでなく経験においても同じことが言えます。たとえば、海外での語学留学では多くの学生が帰国後の就職のためにと「ＴＯＥＩＣの点数アップ」という同じものさしに目を向けて躍起になっています。ですが、海外で人と違った経験をして、それを熱く語れたならば、魅力ある人物として本質を見る人の目に留まることでしょう。数年前に半年間、黙々と街のごみ拾いを続けた大学生の中尾君はバンクーバー市職員の目に留まり、帰国前には百人が集う表彰式で、一番大きなトロフィーを受け取り、地元の新聞にも紹介されました。その中尾君は現在商社マンとして立派に働いています。

21 グローバル社会で通用するための十一の要素

かつて企業で求められる人材のキーワードといえば「国際人」でした。今ではそれが「グローバル人材」と名前を変えています。国際人と叫ばれていた頃、そのイメージと言えば「英語ができること」に尽きていたでしょう。では現在のグローバル人材とは、どんな力を持った人を指すのでしょうか。「英語＋異文化コミュニケーション力」でしょうか。これにしてもオブラートに包まれた物言いで、具体的にどんな能力なのかをとらえている人は少ないように思います。

私の考えるグローバル人材には十一の要素があります。

①専門知識

自分が極めている知識や技術がなければ、たとえ言葉ができたとしても、薄っぺらな人間と思われるものです。

②自己主張力

語学力の重要さは皆さんが認識しているでしょうが、まだ知られていないのがこの自己主張力です。

学生時代の私は、英語でネイティブスピーカーと渡り合える、そう自負していました。ところがアメリカでの留学生活をスタートしてみると、自己主張する力がまったく欠けていることを痛感しました。この点、同じアジア人といえども、韓国や中国の人たちはとてもアグレッシブに自己主張をします。「自分を抑えて一歩引いて」は日本人の常識であり美徳ですが、この日本的感性が国際社会でどう働くかは言わずもがなです。

では日本人にはもともと主張力が足りないかと言うと、そんなことはありません。言葉を使わずに交流するスポーツの分野では、世界から一目置かれている日本人プレーヤーが数多くいることからも、そのことが分かります。言葉を使って交流する場においても、その積極性を活かすことで、日本人の活躍の場は大いに広がるに違いありません。

③語学力

現在の世界共通語として、やはり英語力は欠くことができません。英語のスキルを重要度の順に並べると、「聞く」「話す」「読む」「書く」の順番になり、多くの人は「聞く」「話す」の強化に力を注いでいますが、世界とコミュニケーションするのに「書く」能力は大切です。また世界の人口や経済力を考えると、英語だけでなく中国語の能力も必要と言えるでしょう。

④異文化理解力

八十年、九十年代の前半までは、異文化コミュニケーションの能力が必要と言いながらも、それは英語圏とのコミュニケーションを指していました。ですが、現在では関係相手国が中国や韓国、またサウジアラビアなど、英語圏に限らぬ場合が多々あります。領土問題しかりで、いくら日本側が正しいと主張しても相手国も同じ主張で譲らない場合、いくら専門的な知識を持って交渉しても話はまとまらず、こじれれば軍事衝突に発展する危険もはらんでいます。それぞれの主張には歴史的な経緯、背景があり、またその土地の保有する資源など、経済的な利害がからんでいるものです。解決に導くためには、相手国の立場や考え方を理解し、双方に利益がもたらされるよう、寛容な姿勢を持って交渉を進めることが大切なのだと思います。

⑤批判的思考力

３・１１の原発事故以降、情報の受け止め方が変わってきた人が多いのではないでしょうか。メディア、マスコミの言っていることは本当だろうか。情報を鵜呑みにせず、「ちょっと待てよ」と考える、また自分で調べてみようといった、いわゆるcritical thinkingの力を持つことがますます必要な時代と言えるでしょう。

⑥決断力

日本は白黒はっきり付けることを嫌がる社会だと思います。グレーのままにしておいて、白黒どちらにもして行けるようにする。そんな傾向があります。しかし自分の生き方にかかわる部分であれば、人任せにせず自分で考え、決断していくことが大事です。

ただ、それに慣れていない人が、いきなり大きなことを決断するのは難しいですから、小さいことから自分で考え決めていく練習はどうでしょう。くだらない例かもしれませんが、たとえば友達から食事に誘われて、どこがいいかと聞かれたときに、「何でもいいわ」と答えず、イタリア料理なり中華なりと言ってみる。そんな積み重ねが自分に決断の自信を与えてくれるものと思います。

⑦論理的判断力

物事の判断にはその判断を導く論理（ロジック）は当然必要です。加えて、判断の際には、感情を持った人間と共に物事を進めていくことを忘れず、たとえ仕事であっても、最終的には頭だけでなく、心の面からも納得がいくようにすることが大切であると思います。

⑧問題解決能力

もつれた糸や電気のコードを無理やり引っ張っても、ほぐしてやることはできません。理路整然と問題解決の道筋を考えていく必要があります。しかし、たとえそうして理性的に解決方法を見いだせたとしても、会社や学校や家庭という、自分の属する組織の中で、組織の長の言ったことには逆らえないという構造があっては生かすことができません。個人として問題解決の能力を高めると同時に、たとえ自分自身が組織の上に立つ存在になったとしても、理性的な意見を生かせるフラットで柔軟な組織を作っていける人であってほしいものです。

⑨柔軟性

日本人は結論を慎重に導きますが、そうしてひとたび決まった結論に対して、軌道修正が不得意であるように見受けられます。もちろん強い意志を持って決めることは大事ですが、状況は当然変わっていきますから、たとえ考え抜いて出した判断でも、その時の状況に応じて、柔軟に対応できるオープンマインドを持つことが、特に日本人には必要なことだと思います。

⑩行動力

頭で考えても行動できなければ何にもなりません。失敗を恐れて行動しない人がいますが、たとえ失敗してもセカンドチャンスはきっとあります。失敗したときは軌道修正していく。そして後から振り返ってみると、その失敗も何か意味のあることにつながっていたと気付くことでしょう。

アップルの創業者、故スティーブ・ジョブズ氏が二〇〇五年にスタンフォード大学の卒業生に向けて行ったスピーチが有名ですが、その中で「コネクティング・ザ・ドッツ（connecting the dots）」ということを語りました。彼は大学には入ったものの、半年で中退。その後の人生の中で、ポツポツと点でやってきたことが、線となってつながっていたことを振り返ってみて気付いたのです。

彼の言葉通り、決断、行動、軌道修正を続けていくなかで、そうした何かの流れができていくものなのです。

⑪ポジティブシンキング

世界の人々、自分の常識を超えた人たちとのコミュニケーションは、メンタルに大きな負荷のかかることです。しかし「理解できない！」と憤慨してしまっては進むものも進みません。すべてのことは自分に何かの形で生かされるものだと、ポジティブに考える姿勢、それをつねに持ち続けていくこと、それが先に挙げた十の力を根底で支え、困難があっても前進する力になっていくものと確信しています。

以上、私が考えるグローバル人材に必須の十一の要素について紹介しました。こうした力を総合的に身に付ければ、自分の存在感が生まれ、グローバル人材としての自分、日本人としての自分の力が存分に発揮できることでしょう。そして世界からも一目置かれる存在になれるのです。

22　行列のできる手相鑑定士　サンドラ・フィッシャーさん

引き寄せのパワーの項で紹介したパームリーダー（手相鑑定士）のサンドラさんの住まいはビクトリアですが、バンクーバー方面にしばしば来られるので、私は年に二回程度リーディングをお願いしています。こちらが聞きたいことを心の中に用意して臨むだけで、いつも自然とそのトピックに話の焦点が来ます。二〇一〇年頃からは会社経営の相談が主になりましたが、リーマンショック直後で、まだ学校に影響が出ていなかった頃に、サンドラさんがこう言いました。

「今、ビジネスのほうはうまくいっていないと思うけれど……」

「えっ、大丈夫ですよ」

と答えましたが、きっとサンドラさんにはその後がお見通しだったのだと思います。

それから一年ほど経った頃のリーディングの時、

「必死で買収先を探しています。まとまりかけているところがあるんですが……」

と言うと、

「サミー、この話はうまくいくように思うけれど、おそらく二年後にあなたはその仕事をしていないと思うわよ」

「どういう意味ですか」

「売った後、その学校はあなたのやりたい方向に行かないでしょう。あなたにはもっとやりたいことがあるはずだから、それをやると思うわ」

そう言われても実感はないまま日々が過ぎました。半年後に買収の話はご破算になり、労働組合との調整は付かず、出費が続いて藁をもつかむ心境でサンドラさんに会ったのですが、

「あなたがすることは、これからもゲットすることよりもギブすることよ」

と言われてしまいました。

「そんなちょっと待ってください。与えるものはもう全部与えてしまって、とにかく助けがほしいんです」

と言っても、

「心配しないで。あなたは与え続けないといけないのよ。(You have to keep giving.)」

だったのです。このメッセージがどう働いたかは「学校売却をめぐってのもう一つの話」の項に書いた通りです。

また、学校が潰れてしまうかもしれない状況の中で、沖縄の専門学校の理事長である島袋さんから高校に来て話をしてほしいと頼まれたことを相談すると、

「遠慮することはないわ。あなたのその生き様を語ってきたらいいのよ。それがあなたの役目だから」

と言われて心が落ち着きました。島袋さんと同じ言葉でした。

「老化が始まっているわ。ホメオパシーか何かをしているお友達がいるでしょう」

とも言われたのですが、その場では何も思い当たりませんでした。その後、ファミリードクターに行くと、「健康診断はいつ行ったか」と聞かれ、促されるままに検査をしてみると、胸部のレントゲンで肺に何かが写っていることがわかり、ガンの精密検査まで進みました。

その検査の結果が出た後、突然、大塚晃志郎氏から連絡がありました。ホリスティック医学を研究し、著作もある彼は、友人であるとともに先生といえる存在ですが、ズバズバと人の欠点を突いてくるので、どちらかというと苦手なタイプの人でした。普段「大塚先生」と呼んでいて、ある時、

「大塚さん」

と呼んだら、

「君はいつから私を『さん』呼ばわりするようになったんだ。ちょっと社長になったからといってそんな風にぞんざいな口をきくと絶対事業は失敗する」

と言われました。

「どこに連絡すれば君につながるかを伝えないとは何事だ。こんな事をしていたら、事業が成功するはずがない」

と言われたこともあります。

大塚氏から連絡があったのは、ガンの診断を受けた後で、まもなく日本出張も控えていました。「何度メールしても連絡がつかない。君は一体どこにいるんだ。すぐ返事をほしい」とメールがあった時、サンドラさんが「ホメオパシーの先生」と言っていたのはこの人のことだと気付きました。それでつい、

「実は肺の検査を受けて……」

と大塚氏に打ち明けてしまいました。すると、

「食事療法をすぐやりましょう。東京に着いたら、ホテルまで行きますから部屋を教えてください」

と押しまくられ、玄米菜食の食事を半ば強制されました。

それでも熱心な指導を受けて、食事療法に取り組んだおかげで、今ではすっかりよくなりました。「大塚先生のおかげです」とお礼を述べると、「貴方が精進したからです」と返事をいただきました。

サンドラさんの言葉は、その場ではピンとこないことがあっても、その後、ぴったり当たっ

ていることがわかって驚きます。すごいものです。

二〇一一年の夏、沖縄の島袋さんのもとから高校生たちがビクトリアにやってきたので彼らに会いに行きました。予定の時間より早めに着いたため、本屋に立ち寄ったところ、ぱっと目に付いたのが、"Connecting with Your Angels"『あなたの守護霊に接して』という本でした。まるで辺りが白黒なのに、そこだけがカラーで目に飛び込んできた感じがしました。開いて読んでみると、なかなか面白い本でした。そしてふと、ビクトリアといえばサンドラさんのいるところだと思い、近くのショッピングモールを訪れてみると、やはりそこにはサンドラさんがいらっしゃいました。「今日はお礼が言いたくて」とお話ししました。本がそこに導いてくれたのです。

23　英語でコミュニケーションできるようになる最大のメリット

「英語でコミュニケーションができるようになると、日本語でも本音が言えるようになる」というのが私の持論です。今や社会人や大学生にとって英語が話せるのは当たり前の時代ですから、多くの人が英語を習得する必要性を感じていますが、英語が話せる本当のメリットについて認識している人はどれくらいいるでしょうか。

私自身もかつてはわかっていませんでしたが、その利点は英語圏の人々の考え方、なかでも特に論理的な思考方法を身につけられることです。またそこにとどまらず、その力を日本語のコミュニケーションでも生かすことで、円滑にコミュニケーションを図れるようになることだと強く感じるようになりました。特に日本語では上下や同僚との人間関係に気を配りすぎてなかなか本音が言えません。英語でもdiplomaticといって相手を傷つけないような配慮をすることはありますが、自分と相手を表す言葉は所詮、"You"と"I"しか存在しません。

また英語式では結論を先に述べてから、その結論を支える事実関係を述べます。ですから、自分の言いたいことは明瞭に伝わりますし、その理由も明快です。一方、日本式では起承転結。これでは結論がうやむやになってしまいがちで、なかなか自分の言いたいことが伝わっていきません。もともと日本語ではストレートな表現を避けますし、加えて上下関係に配慮していくうちに、相手に自分の意思が見えにくくなってしまいます。普段日本語を使う際に英語式の論理的な方法を取り入れていけば、もっと本音がはっきり伝わり、誤解なく円滑に交流できるのではと思います。お客様、上司など、上下構造があっても意見は意見なので、それを伝えることでもっと生きやすくなると思うのです。相手のいないところで陰口を言ってしまうぐらいなら、思いやりを持って面と向かって伝えることが誠実な態度でしょう。

ただし、論理的であることを強調しすぎて問題になる人もいるのは事実です。たとえば自分はここまでしかできない、これは自分の仕事でないなどと自分を正当化するために論理性を強調するのは、その人の人間性への不信感を増すように働く可能性もあります。

あくまで人間としての正義感や誠実さがベースにあってはじめて論理的なコミュニケーションが効果的に働くものと思います。またそれがベースにあれば、最初はドライな印象を与えたとしても、日本人の情緒（相手を思いやる心など）をかみ合わせながら、上手に交流することが可能なはずです。

長い歴史のなかで他国の文化を上手に取り入れてきた日本人ですから、英語的な考え方も同様に取り込んでいける力があるはずです。それが一朝一夕には難しくても、日々の英語学習の中で、欧米式の思考法も取り入れるよう意識していってほしいと思います。

24 ポジティブシンキングがすべて

失敗を恐れて無難に生きようとしている学生たちに「自分らしく生きろ！」「夢に向かって貪欲に進め！」とメッセージを送るために、もう何年もワークショップを行ってきています。そこでつねづね「ポジティブで行け！」とけしかけてきました。

しかし、リーマンショック後、学校経営にかげりが出てからは買収先も見つからず、にっちもさっちもいかない。さすがにこんな状況でどうやってポジティブになれというんだと、心が悲鳴を上げていました。よっぽど「君たち、今日はネガティブで行くから」と言おうかとまで思う時も度々あったのです。

でも、それでも、どうしてもやっぱりポジティブでいかないといけないんだ――そう私を奮い立たせたのは『ザ・シークレット』の本やＤＶＤで繰り返されていたメッセージでした。もうちょっとがんばったら運が向くところだったのに、最後の最後であきらめてしまったために夢を果たせずじまいになった。そんな忠告を度々聞かされたのです。

「最後までポジティブで行け！」――そのメッセージを支えに、ポジティブであったおかげで今の自分があると思います。そういう自分が身をもって体験したことだからこそ、事あるごと

に学生や卒業生たちに言い続けています。世界が自分を見放したと思えるときでも、

「あきらめずにポジティブで行け！」

と。

そしてこの文を書く直前にいいニュースが入りました。客室乗務員の夢を目指し、他の仕事に就きながら、何年もあきらめずに就活に取り組んでいた女性がオーストラリアの航空会社の客室乗務員の職を手にしたのです。きっと周りの人が夢を果たしていく姿を横目で見て悔しい思いを数々してきたことと思います。それでも彼女は悲観せず、自分のことをポジティブにとらえてきたから今のポジションを得ることができたのだと思います。あっぱれです。

海外で活躍する夢を持つ青年からも朗報がありました。カナダのプロ野球チームでの三年間の就労ビザが切れて、海外での活動は一時はあきらめなければいけないかとも思いかけていたようですが、可能性にかけてみたところ、アメリカで五年間働くワークビザが取れたのです。

彼の強みはまさにポジティブ志向でした。

「やっぱりポジティブで行ってよかった」と多くの若者から笑顔がこぼれることを期待しています。

25 新しい自分を発見するための一人旅の勧め

学生時代のことです。バイト先の先輩が、デパートの階段の踊り場で私に言った言葉は今も忘れられません。

「男は学生時代、一度は一人旅をしてみろ。行けばその良さがわかる」

その翌年、一九七二年に日本から海外への個人旅行が解禁。海外個人旅行のオリエンテーションが各地で開かれました。私は興味津々で四回も足を運びました。そこに顔を出していた若者たちのほとんどが、そこで知り合った者同士連れ立って海外へ。しかし私は先輩の言葉を聞いていたので、

「俺は一人で行く」

と友達の誘いを振り切って一人で旅に出ました。

初めての海外一人旅のアメリカで、真っ先に思い出されるのはグレハンへの乗り継ぎのことです。その日は英語講師ヘレンの実家に向かう予定でした。実家のあるチコという小さな町へはグレイハウンドのバスで移動すれば、チコのバス停でヘレンのお父さんが出迎えてくれることになっていました。

サンフランシスコの市営バスに乗った時、

「グレイハウンドのバス乗り場に着いたら教えてください」

と運転手に伝えていたのに、気がついたらバスは車庫に入ろうとしていました。グレハンの出発時間が迫るなか、慌ててバスを降りてターミナルへ急ぎました。バス停ひと駅分の距離です。荷物の詰まったスーツケースを押し押し急いで歩いていたものの、事もあろうに途中でキャスターがすべて壊れてしまいました。スーツケースはずっしりとして、鉄の塊のようでした。しかし力を振り絞ってそれを抱え、泣きそうになりながら必死で前に進みました。

それでなんとか乗れたのはよかったのですが、隣に座った人が、今思えばゲイだったようで、私の足を触り出したりしました。その時はアメリカにはこんなことをする人がいるんだ、くらいにしか思わなかったのですが。

英語学校講師のヘレンの実家には、一泊だけのつもりで訪れたものの、お宅の厚意でひと月もお世話になりました。

「宿代としてお金を払います」

と伝えても、

「一人増えても食費は変わらないから」

と受け取ろうとしませんでした。その時、もし私が一人で来なければこんなことはなかっただろうと思いました。この旅でのチャレンジ、得がたい厚意、そんな諸々の経験が今の自分につながっています。

一人旅は、非日常的な空間で知らない物を見て、知らない人と出会って、新しい自分を発見できる機会でもあります。私の妻も女性でありながら、このところ、知らないところを探索して一人旅を楽しんでいます。

この話を私の一冊目の本にも書いたところ、それを読んで旅に出た学生の藤沢君が報告してくれました。「サミーさんを抜いてやろう！」と旅の期間は三カ月。アメリカのほか、インドやペルーにも行った彼は、地元のホームレスの人たちと野宿もしたそうです。おかげで旅を終えた後の彼は、英語がペラペラでした。「もう一人旅は十分だ」とこぼしていましたが、それでも就職活動で大きな商社の内定をゲットできたのは、この一人旅が役立っているとも話してくれました。この原稿を書いている今、この瞬間もカリフォルニアを一人旅している男子学生がいます。高校を卒業してすぐカナダへ来て英語を学んでいましたが、学校を休学して旅に出ています。きっと一生忘れられない思い出となることでしょう。あなたも本当の自分に出会える一人旅をしてみませんか。

26　ヒーラー野呂佳南さんとの出会い

「闇の世界を垣間見て」で紹介した、大阪のホテルでの原因不明のパニックアタックに襲われ、憔悴しきったまま、バンクーバーに戻ってきた翌朝のことでした。

「隣のお宅に日本から除霊のできる女性がいらしているんだけど、うちも頼んでみる？」

と妻が言いました。隣に住む奥さんが日本人の家庭で、お嬢さんのおもちゃが忽然と消えたり、思わぬところに置かれていたりする出来事がしばしばあり、それが何かの仕業なのではと真剣に話しているとか。でもそんなのはどこかに置き忘れただけだろうと、私は最初まったく相手にしませんでした。

「僕はこの家のことをきちんと調べてあるし、うちには日がよく当たるから大丈夫」

と自信たっぷりに答えたので、てっきりその話はなくなると思っていました。ですが、その女性は除霊だけでなくレイキもできるということだったので、妻と隣人との間ではレイキヒーリングのセッションを私たちの家で受ける話が進んでおり、そのヒーラー、野呂佳南《のろかな》さんがまもなく家に来られました。特に関心のなかった私は出社前に、佳南さんに軽く挨拶だけして家を出ました。

会社から帰宅後、妻が言いました。

「今日佳南さんからレイキを受けた時ね、『今朝、ご主人の後ろにポマードで髪をテカテカにした金縁めがねの人がにこにこしながら後ろにいましたけど、どなたでしょう』と聞かれたのよ」

何？　ベトだ！　ベトに間違いない！　と思いました。ベトの姿が見えるなんて、これはぜひ佳南さんと話がしてみたいと思い、我が家にも除霊をお願いしました。再び我が家にやってきた彼女は、勝手に私の部屋のクローゼットを開けて、いきなり除霊を始め、うんうんとうなっています。とてもきれいな女性が、私のスーツに向かって妖怪退治をするかのようにうなっている。これはなんなんだ！　と思いました。

除霊が終わった後、

「ずいぶん疲れました」

と佳南さん。

「サミーさんは、ずいぶん日本で憑けてきちゃったみたいで、それを退治するのが大変でした」

その霊たちがスーツについてやってきたと言うのです。考えてみれば、この日はパニックアタックになって帰ってきた翌日だったのですから、さもありなんです。

また、我が家の地下には天井が低くて、かがまないと歩けないような高さの結構広い物置部屋があるのですが、そこに十四、五人の子どもの霊がいたと言うのです。

「ここは昔学校とか教会だったんですか？」

と佳南さんに聞かれました。そこに子どもたちの霊が残っていたけれど、すべて上のほうに上がってもらいましたとのこと。そんな不思議な力に興味津津で、私は佳南さんからレイキのレベル1を習いました。我ながら変わり身が早いと思います。

その翌年も佳南さんがバンクーバーに来られました。佳南さんが到着した日は私の誕生日だったので、空港に迎えに行った後、家族と一緒に食事をしました。話題が買ったばかりの新車のことになり、食後に佳南さんが私の車をじっくり見て言いました。

「若者が好むような車だけど魂は五十代です。『サミーを守る』と言ってくれているから大丈夫。安心して乗っていいですよ」

その車で大きなトラブルもなく過ごしてきました。でもある時以来、ブレーキを踏むと、わずかながら異音がするので修理の予約をしたのですが、車を診てもらう段になると音が消えてしまいました。

「また音が聞こえたら持ってきて」

と整備士に言われて、あらためて予約を入れていた日の朝のことです。

車に乗って子どもを学校へ送った後、カフェに向けて走り始めたところ、途中で車からガターンという大きな音がしたかと思うと、その時通り過ぎたところに止めてあった車のアラームがビービーと鳴り出しました。これはまずいと思って、すぐに角を曲がって車を止め、アラームの鳴っていた車に駆け寄りました。しかし車にはかすり傷ひとつありません。キツネにつままれたような気持ちで車に戻り、エンジンをかけました。ところがギアをバックに入れたのに、車はアクセルに反応せず、ゆるい下り坂をズルズルと前方に下がっていこうとします。すぐ前には車がありますからあわててブレーキを踏みました。おいおいこれはと、すぐにレッカー車を手配し、予約を入れていた整備工場に直行しました。やはりギアが壊れていたのです。あの時、路駐の車のアラームが鳴らなかったら、そのまま走り続けて、いつどんなことになっていたことか……。「サミーを守る」と加南さんが伝えてくれた言葉が頭の中で何度もリフレインしました。

先の佳南さんとの食事の時のことです。次男の腕時計の液晶の文字が消えかかっていたので、

「お父さんが新しい時計を買ってきてあげるよ」

と言ったところ、佳南さんが、

「コーディ君、ちょっと見せてごらん」

と腕時計を手に取ってレイキをかけていったら液晶の文字が出てきました。レイキは教わっていたものの、実際にそうした現象を見せてもらい、半信半疑の「疑」がようやく「信」に変

わった思いでした。そしてこの経験は大事な時に役立ったのです。

ハワイに家族旅行で滞在中、バンクーバーの学校で事件が起きました。ホームステイ先と学生との間でトラブルがあり、警察沙汰になってしまったのです。カナダのスタッフや事件の関係者たちとのやりとりに携帯電話が欠かせなかったのですが、この旅行に私は携帯の充電器を忘れてしまって連絡が継続できるか不安な状態でした。頭の中ではテレビでよく見る姿――会社で一大事が起こっている時に社長がゴルフをしていて、後からカメラの前で平謝り――そんな映像がよぎりました。そこで佳南さんのことを思い出しました。あと二、三分バッテリーが持ってくれれば……と自分でレイキをかけたらその間バッテリーが持ち、必要なやり取りを無事終えることができたのです。ほっと胸を撫で下ろした出来事でした。

27　座右の書『ネバーエンディング・ストーリー』と私の住む街、バンクーバー

大好きな話『ネバーエンディング・ストーリー』は最初に映画を観ました。ドイツ人作家ミヒャエル・エンデの作品で、ドイツとアメリカの合作映画と聞いていましたので、きっとヨーロッパで撮影されたのではと思っていたのですが、バンクーバーの街を歩いていて、ここで映画が撮影されたことに気がつきました。これも不思議な縁だと思いました。

映画に登場する古本屋がバンクーバーのガスタウンにあるのです。主人公のバスチアンはいじめられてその古本屋に逃げ込みます。本がそこかしこにうず高く積まれた薄暗い古本屋。その店主はバスチアンが来ることをあらかじめ知っていて、彼のために『ネバーエンディング・ストーリー』の本を置いていました。バスチアンはその本を抱えて本屋を逃げ出します。この本は一度開けてしまうと、そのストーリーの中に自分が入り、主人公になってしまう本でした。主人公「アトレイユ」となったバスチアンは〝Nothing〟（空しさ）と戦います。戦うのはなぜかと言えば、エンプレス（女王様）のいるファンテージャという国が〝Nothing〟によってどんどん破壊されてしまうからです。子どもたちが夢を失えば失うほどファンテージャは破壊されて

いきます。バスチアンは「アトレイユ」すなわち「狩人」に変身してその〝Nothing〟と戦うのです。

私はカナダに来る前、これからの人生をどうしようかと悩んでいた時に、この映画に続き原作も読んで大いに勇気付けられました。私を勇気付けてくれたその映画が、カナダ・バンクーバーで撮られていたことには天の采配を感じ、自分が大きな懐に抱かれているような感慨を覚えます。

ちなみに、バスチアンがこっぴどくいじめられてレストランの裏の大きなゴミ箱にボーンと放り込まれるシーンがあるのですが、それもバンクーバーのチャイナタウンにその場所があります。

この話は現代にも通じるストーリーです。日本語訳では『はてしない物語』のタイトルで出ているこの本がこれからも多くの人に読まれていけばいいなと思います。そしてコンピューターグラフィックが発達したこの時代に再び、ネバーエンディング・ストーリーが映画でリメイクされることを願っています。あのハリーポッターのような豪華な映画ができればストーリーだけではなく、ビジュアルでも世界中の人々を魅了することと思います。

28　私の生き方に影響を与えた本　～小説編～

"The Little Prince"『星の王子さま』アントワーヌ・ド・サン＝テグジュペリ作

ヘレン・ホールは、私が二十一歳の時に通っていた英会話スクールの英語講師でした。フランクな彼女は、私がアメリカに行くと言った時、

「私はホームシックだから実家に行って、私の代わりに家族に会ってきて」

と住所を教えてくれました。約束通りアメリカでは彼女の実家を訪問し、結果的に私はヘレンの実家にひと月もただでホームステイさせてもらいました。そんな縁をくれたヘレンが、最初の授業で、

「とってもいい本だから」

と紹介してくれたのが"The Little Prince"（星の王子さま）の本です。それまで英語の先生から本の紹介など受けたことがなかったので、「本の紹介なんて……」と面食らっていたのですが、それでもなぜか、私はすぐに原書と日本語訳の両方を読んでみました。

作者のサン＝デグジュペリは第二次世界大戦で召集され、フランス空軍のパイロットとして飛行中に命を落としましたが、この物語の中では、主人公であるパイロットがサハラ砂漠に不

時着。なんとかエンジンを直して帰らなければと四苦八苦しているところに、星の王子さまがやってきます。そして「チョウチョ好き?」などと悠長なことを聞いてくるところから物語は始まります。

大人も必ず子どもの時代があるのに、大人になると子どもの頃に持っていた価値観を忘れてしまう。きれいな物を見ても、いくらで買えるのかなどと、お金を基準に判断しようとしてしまう。しかし大切なものは見えないもの。それを大人は忘れてしまいがちだとこの物語は教えてくれました。英語学習の教材としても、大事な教えを含んだ哲学書としても若い人たちにお薦めしています。

"The Never Ending Story"『はてしない物語』ミヒャエル・エンデ作

作者のエンデは、映画化された作品が「自分の書いた原作を反映していない」と不満だったようです。原作のほうが、もっと深い精神性を表していたと私も感じます。とはいえ同タイトルの小説も映画も、物質主義の社会に警鐘を鳴らし、人は夢を失ってしまうと豊かな人生を送れないと教えてくれます。夢を追い続けることへの勇気を与えてくれる一冊です。

"MOMO"『モモ』ミヒャエル・エンデ作

時間がないと思えば思うほど時間がなくなっていくというストーリーを通じて、いかに人間が時間というものにコントロールされているかを表現している物語です。独特の哲学がそこから読み取れます。ちょうどこの本を読んだ頃、私は日本でサラリーマンをしていて、「時間がない、時間がない」と言いながら自分で自分の首を絞めていましたから、ひじょうに身につまされました。映画化もされており、映像の中で人々から時間をだまし取る登場人物「グレイマン」がタバコをプカプカふかす姿が今も目に焼き付いています。

『アルケミストー夢を旅した少年』パウロ・コエーリョ作

しばらくの間、人に薦められる本に出会わなかったのですが、数年前に読んで、多くの人になぜひと思えたのがこの本です。なぜかこの本の話をすると周囲がざわめいてきます。カフェで隣のテーブルに座った人が、「今何の話をしたんだ」とか「私も読んだわ」と話しかけてきたり、私も私もと、どんどん話が始まっていく。それも一回、二回のことではなく、何度となくそんな事が起こった不思議な本です。

物語の中で、少年は夢を追って砂漠を旅しています。でも旅をするうちに夢を忘れかけていきます。しかし、人生には目的があるはず。その目的、夢を実現するため、なりたい自分になるためにそれを見つけて追い求めていかないといけない。そういうメッセージが伝わってくる本です。この「アルケミスト」とは錬金術師の意味ですが、ここでは「夢の錬金術師」――夢を実現できる人という意味があるのではと思います。

"It's never too late."――夢を追うのに決して遅すぎることはないと思い出させて、勇気を与えてくれる本です。自分の夢を実現したいけれど、苦しんでいる人たち、夢を追う力のほしい人に、ぜひこの『アルケミスト』を読んでもらいたいと思います。

『アミ　小さな宇宙人』エンリケ・バリオス作

アミは進化した星からやってきた宇宙人で、少年ペドロの前に登場して、さまざまなことを教えていきます。人類が次のレベルに行くために必要な条件がある。それは愛のレベルの高さである。愛が尺度になっているとアミは言います。英語ができるかどうかをＴＯＥＩＣで測るように、愛のレベルを七百だとか、千だとかで測るのだと。こうした発想は個人の思いつきにしてはできすぎているように思えます。それに初版発行は一九八六年と二十年以上前になるわけですが、９１１のことや東北大地震の津波のことなども言い当てているような内容です。作家バリオスはチリの人で、彼自身が宇宙人に誘拐された体験に基づき、この本を書いたとも言われています。こんなことを言うと頭がおかしいと言われそうですが、この本にはすべてが言い尽くされている感があり、あたかも宇宙人が彼に書かせたかのように思えてなりません。

作品中にジョン・レノンの名前が出てきますが、確かに彼の曲〝Imagine〟のメッセージと共通するものが含まれていると感じます。今の世の中、地球に国境、民族の争いが存在していて当たり前。人と財産を比べたり、嫉妬心を持ったり、いさかいがあって当たり前。しかし人類がそのレベルで生きている限り絶滅してしまうよとアミは警鐘を鳴らします。

確かに核問題一つを取ってみても、世の中のおかしな構造がわかります。各国が北朝鮮に核を持つなと言っていますが、そう言っている国々は核を保有したままです。「自分たちが核の保有を止めるから」と言うなら話もわかります。しかし強い者は強いまま。そのうえ弱い者をいじめています。さらにそれが現実だから受け入れざるを得ないと思っている人が多いため、それがまともであるように見えてきてしまいます。

でも普通に考えたら、理想からかけ離れているおかしな社会であるのが現在の世界の姿です。アミはこの本のなかでこう言っています。「ある世界の科学の水準が愛の水準をはるかに上回ってしまった場合、その世界は自滅してしまうんだよ」と。『アミ 小さな宇宙人』は、まともな視点からこの歪んだ社会を見られるよう読者に促す力があります。

アミは人間の子どもと同じような姿をしています。それが「宇宙人は爬虫類みたいな格好をしているもの」と先入観を持つ主人公のペドロには、なんだか変に思えます。爬虫類型の宇宙人といえば、最近、次男を連れて観た映画〝Men in Black III〟がまさにそれでした。爬虫類のような姿の宇宙人を、敵対視する人間がバンバン撃ち殺す。それを映画館に来た大衆が観て大喜びしているわけです。もしかしたらこれは真実を隠すために、わざわざ宇宙人を爬虫類の姿として描き出しているのではないか、そう思えてきました。

これも懐疑的すぎると思われるかもしれませんが、どうも私の腑に落ちないのが、原書がスペイン語で、日本語含め十一カ国語に翻訳されているにも関わらず、英語版が絶版になっているることです。真実から一般大衆を遠ざけるため、大国の国策として図ったことではないかと思えてなりません。そうした気持ちにさせられるほど、人々の意識に深く届く素晴らしい本だと思います。

私はこの本と出会ってから、アミフレンズという仲間を日本中、そして世界のいくつかの都市で作る動きを始めました。この素晴らしいアミの教えを基にあらゆる国家、民族、宗教、信条を超えて、地球上の人々を愛という共通認識で結びつけていくことは不可能ではないと信じます。

私はある晩、こんな夢を見ました。ローマ法王、ダライラマ法王を始め、世界中の宗教のリーダーたち、そして国家元首たちが普段着で集まり、この素晴らしい地球を愛おしく思うとともにそれぞれが兄弟である喜びを分かち合っている姿です。それが正夢となることを願っています。

29　私の生き方に影響を与えた本　～ノンフィクション編～

『人民は弱し　官吏は強し』『明治・父・アメリカ』星新一著（新潮社）

高校大学時代に交流のあった作家志望の友人がいました。星新一の本をたくさん読んでいた彼に薦められ、ウィットに富んだいい本だと思いながら私も読んでいました。

その星新一の作品に、自身の父の人生を描いた『人民は弱し　官吏は強し』があります。その人、星一（ほしはじめ）氏は若くしてアメリカに渡り、十二年間滞在して帰国。その後、星製薬を作り、晩年は参議院議員になって国家の改革を志すものの、国ににらまれてことごとくつぶされ、道を阻まれていきます。この本を読みながら、星薬科大学の創設者でもある星氏の、本当に自由な生き方、考え方、そして自分の正義を通すために、逆風の中、官僚相手にも戦い続けていった志高き姿勢に胸が熱くなりました。

自分にとっては、星一氏の参謀役で氏と苦楽を共にした安楽栄治さんの存在も印象深いものでした。というのも、安楽氏は、自分が大学でサークルを率いていた時の副部長だった竹野君の姿とそっくりなのです。

父を描いた星新一作品には『明治・父・アメリカ』という本もあり、これは内村鑑三や野口英世など、明治維新の時代の先駆者たちを描いたものですが、その中で、星一氏が長年のアメリカ暮らしから日本に帰ってきた時、東京の街を歩いている人の表情がひどく暗いと感じている描写があります。私がアメリカ留学から帰ってきた時にも同じ印象を受けました。逆に言えば、そう感じるほど、アメリカの人たちが生き生きとしていたとも言えるのでしょう。そのことが星氏の生きた百年近く前の時代と共通していることは感慨深いです。

『金持ち父さん　貧乏父さん』ロバート・キヨサキ著

英語学校の経営で寝ても覚めても、教育、教育という頭で過ごしていた私に妻が、

「あなた、たまにはお金のことも勉強してみたら？」

とポンと渡されたのが『金持ち父さん　貧乏父さん』でした。こんなのは興味がないと思いながらも、ページをめくっていくうちに、どんどん引き込まれていきました。まさに目から鱗。これまで自分が思ったこともないお金に対する価値観が展開されていました。

仕事を失って、また次の仕事を探さなければと思っていた著者が、ある時「ちょっと待てよ」と立ち止まります。このまま次の仕事を探すだけでは、「ラットレース」――ねずみが輪の中でひたすら走り続ける姿――のように、生活のためにひたすら働き続ける人生から抜け出せないぞと思うに至ります。どうやって生計を立てたらいいか真剣に考えた結果、この本が生まれ

たといいます。

公務員として州政府で勤め上げ、お金とは無縁だった父、会社を経営しお金の素性を知り尽くしている友人の父。二人のお金に対する考え方が異なり、その対比からいろんなことを学んだのです。

著者は資産と負債の違いについて力説します。家を持っていても、それが返済済みなら資産ですが、まだ住宅ローンの支払い中なら、その家は負債です。資産は資産を生みますが負債は違います。そのため、負債返済のために働くスタイルを脱して、資産を増やすことがポイントだと述べられています。

そうは言っても人を悲しませてお金を生むのは人の道から外れますが、人を幸せにする方向でお金が入ってくることを行うのは資本主義経済の中では許されることと思います。

誰しもリタイヤ後も安定した収入をと望みますが、年金の支給は日本でもカナダでもどんどん先送りになってきています。そんな時代の中で、自分のコントロールできる範囲で、働かずにお金が入ってくる仕組みについて、この本から学ぶことができたように思います。ただ、この金持ち父さんをネタにした商法がたくさん出回っていて、それにお金をつぎ込んでしまうのはどうかと思いますが、ともあれ、自分がこの本でお金に対する価値観が変化したのは確かなことでした。

30 私を「虹の戦士」と呼んだ人――粋な宇宙の計らい

バンクーバーの行きつけのカフェに足を運んだ週末の午後のことでした。和風のインテリアの中央に囲炉裏を囲む大きなテーブル。そのテーブル席に腰掛けると、向かい側の席にいた二人の若い女性のうちの一人が私に向かって言いました。

「お待ちしていました」

えっ？　まったく見ず知らずの女性です。いったいどういうことなのか見当もつきません。

「ここにあなたが来られることをお待ちしておりました」

「……??」

私の頭の中は疑問符だらけでした。

とにかく話を聞いてみると、その女性、アカマツ（旧姓）サユリさんは私が来ることをあらかじめわかっていたというのです。しばらくいろんな話をした後、サユリさんから一枚の紙切れを渡されました。そこには、

「虹の戦士――すべてはうまく行っている。サーリー」

と書いてありました。

その後、たびたびサユリさん、そしてパートナーのマシューと一緒に話をするようになりました。二人が沖縄の竹富島で出会ったこと、カナダへはワーキングホリデービザで滞在中であること、サユリさんはオーガニックの食材店で働いていること……。

彼らのことを知る中で、興味深かったのは、マシューがギタリストで島唄を弾けることでした。マシューは実際に、ギターを手に、私の目の前で島唄を歌ってくれました。私は初め、島唄といえば「でいごの花が咲き、風を呼び、嵐が来た」という歌詞で有名なＴＨＥ　ＢＯＯＭの『島唄』のことだと思っていたのですが、マシューが歌ったのは『安里屋ユンタ』というまさに島唄、沖縄民謡だったのです。島唄を歌う彼の歌声は、外国人が歌っているという感じがまったくなく、ごく自然で魂を揺さぶられる思いがしました。その後も出会ったカフェで、マシューは何度かコンサートを開いてくれてどんどん仲良くなりました。

いつ会っても思うことは、二人の周りに生活感が全然漂っていないことです。彼などは手がまっ白で、雰囲気もまるで星の王子さま。そこに寄り添うサユリさんもそんな感じなのです。

彼らが沖縄に帰ってしばらくしてから、私は沖縄に出かける機会がありました。沖縄の島袋永伸氏（前出）が、経営の行き詰まっている私に助け舟をとの思いで、渡航費に加えてホテルも手配し招いてくださったのです。

沖縄到着の前日、サユリさんたちのことを思い出してメールを送りました。すると「そのホテルの場所は自分たちの住まいの目と鼻の先なので五分で行けますよ」と返事がありました。そうして沖縄で再会を果たすことができたのです。そこでは私から会社がどうのとは彼らに話しませんでした。

再び沖縄を訪れた時にも彼らに連絡をしました。その時は自分に肺ガンの疑いがあり、引き寄せられるように東京で大塚先生に会い、食事療法の指導を受けて、実践を始めていた頃でした。

「沖縄で新しい家に移ったので、ぜひご飯を食べにいらして下さい」というサユリさんの誘いを受けてお宅に伺い、健康状態や食事の話をしていたら、すでに用意されていたのが玄米ご飯。彼女はマクロビオティックの食事を用意してくれていたのです。もう先を読まれてしまっている感じでした。食事の後には、私の手の平に金属性の治療用の棒（ワンド）を当てて彼女は治療までしてくれました。

出会いの時の言葉といい、この日の料理のことといい、

「どうしてサユリさんは若いのにこういうことができるんですか？」

と尋ねたところ、いきさつを語ってくれました。

彼女は二十歳のときに大病を患い心臓停止、主治医が死亡を宣告するに至ったそうです。それでも彼女のお母さんはあきらめず、医師に治療の継続を懇願。すると心臓がまた動き出して

命が復活したというのです。それから彼女は「体が大事だから」といろんな勉強を始めたといいます。不思議な力も臨死状態から生還した際芽生えたようです。

帰りがけにサユリさんが言いました。

「今日はなんだかマシューの様子がおかしくて……私は離婚まで考えて……。サミーさんに来てもらえてよかったです」

お互いに必要として今日のこの機会があったこと、ギブ・アンド・テイクとなっていたことをうれしく思いました。

その後、マシューがハワイの大学で勉強するためにと、マシューが先にハワイへ移り、サユリさんもまたハワイへと移り住んでいます。

彼らを訪ねてハワイのオアフ島に降り立ったのは二〇一二年の暮れのことです。オアフ島はベト山内の散骨以来、足が遠のいていました。サユリさん、マシューと、どこかのレストランで食事ができればと思っていたのですが、彼女は食材を詰め込んだ袋を肩に下げて自転車を押しながらやってきました。

「カピオラニ公園の先にある友人の家で食事を作りますから、そこに行きましょう」

カピオラニ公園……ベトの散骨をしたのは、その辺りだったよな……と思いながらも、サユリさんには何も言わずにいました。そして私たちは広がる青空の下、風もないハワイらしい穏やかな陽気の中をしばらく一緒に歩いて行きました。

「友人の家は、その先のコンドミニアムです」

と紹介された、まさにその二軒先が散骨式をしたカヌークラブでした。そうサユリさんに言うと、

「それなら海辺のほうへ行ってみましょうよ」

と言って海岸へ抜ける道を進み始めました。そして私たちがビルの間を通って海辺へ出ようとした時、いきなりものすごい突風が吹いてきました。その瞬間、

「ベトが来てるわよ！」

とサユリさん。

私には、

「サミー！　お前なんで今まで来てくれなかったんだよ！」

と怒ったベトの声に続いて、

「まあまあ、よく来た。よく来た。来てくれてありがとう」

とやさしく語るベトの声が聞こえてきたような気がしました。

ベトの他界後、あまりに強烈だった彼の存在を遠ざけたかったわけではないけれど、手放し

に駆け寄ることもできなかった私に、ベトは素のままで会いに来てくれたのでした。私は感無量の思いでしばらく海を見つめていました。

サユリさんの案内で訪れた友人のAさん宅は、高級コンドミニアムの七階。一面ガラス張りの窓からエメラルドグリーンの海が広がっていました。まさにその目の前の辺りがカヌーで漕ぎ出してベトの散骨を行った場所なのです。ここへと導いた天の計らいを思わざるを得ませんでした。

サユリさんはこうした不思議な導きの中にも存在しています。そんな彼女に、私はあの初対面の時に渡してくれた、例のカードに書かれていた言葉「虹の戦士」の意味について尋ねたことがありましたが、彼女は教えてくれませんでした。インターネットで調べたところ、ネイティブ・アメリカンの話の中に登場することがわかりました。

その話によれば、虹の戦士とは、「平和と正義と自由のために新しい秩序を作る担い手」だそうです。そんな風に呼んでもらえてうれしく思います。

ところが時には、私から若いサユリさんに愚痴をこぼしてしまうこともあります。そんなとき、聞いている彼女の心の奥で魂が悲しんでいる感じがしてきて、虹の戦士としてはこれじゃだめなんだろうなと自分を戒めています。それにしても、二人と一緒にいると天使に見守られているような感覚を覚えて、その不思議さの秘密をもっと知りたい気持ちになります。

31　これぞ日本式カスタマーサービス

私は不器用な方ですが、日本人といえば手先が器用、きめの細かいことができると世界中で評判なのは皆さんご存知かと思います。最近のＪＡＬのサービスに触れて、そのことを実感しています。

親方日の丸的な経営で万年赤字続きだったＪＡＬが、京セラの稲盛和夫氏を会長として招き入れてから、どんどん経営体質が変わったことは耳にしていました。そうは言ってもどれほど変われるものかと懐疑的に見ていましたが、今ではＪＡＬのサービスの向上ぶりに感心しています（その後稲盛氏は、二〇一二年二月に代表権のない取締役名誉会長に退きました）。

二〇一一年のある時、ＪＡＬを使って日本に行く際、健康上の理由からベジタリアンミールを頼んでおきました。でも口に合わず、朝食は普通のものにと頼んだところ、

「他のお客様にお配りしてみて数が足りましたら」

といった答えでした。そして朝食で他の客への配膳が済むと、

「お客様申し訳ございません。ご希望のお食事のご用意ができません」

と謝罪に来られました。

「気にしないでください。ベジタリアンミールで大丈夫ですよ」

と言ってその食事をとった後、チーフパーサーさんが来られました。

「お客様、よろしかったらおにぎりでも結びますが、いかがなさいますか？　具のない、塩結びとはなりますが……」

私は喜んでその塩結びを頂戴しました。

食べた後に、

「お客様いかがですか？」

とおにぎりの感想を聞かれ、

「とってもおいしかったです」

と答えたところ、

「もうひとついかがですか？」

と尋ねてこられたのです。この時は、たまったマイレージを使ってエコノミーからエグゼクティブにアップグレードしてもらったからだとは思いますが、何度となく利用してきたＪＡＬでこんな体験は今までしたことがありませんでした。

とにかく飛行機にはよく乗りますので、ＪＡＬグローバルクラブの会員になっています。搭乗すると会員には必ずアテンダントさんが挨拶に来られます。それだけでもすごいと思うので

すが、最近の搭乗の際、いつものように席まで来られて、

「高橋様、いつも当社をご利用いただきありがとうございます」

と言葉をかけてくださった後、隣の人にも同じように挨拶をしていかれました。おそらくお隣の人は会員じゃないと思うのですが、その方にもきっちりと挨拶されたのです。もし私だけにならば、そのお客さんは、どうして隣の人にだけ丁寧に頭を下げるのかと疑問に思うはずです。そうしたことへの気配りに違いありません。

ちょうどそうした素晴らしいサービスを受けた直後に、知人で稲盛氏の主宰する経営塾の塾生の方と面会しました。私の体験談を聞いた彼は、

「昨日稲盛さんとニューヨークから帰ってきたところなんだ。すぐ君の話を稲盛さんに伝えるから」

と話してくださいました。

また最近では、カナダから日本へ行く際、うっかりして搭乗チェックインカウンターに離陸予定の二十五分前に到着するということがありました。すでにその便の搭乗受付カウンターは閉まっていました。たいていどの航空会社も国際線の搭乗に「五十分前以降のチェックインは不可」といった厳しいルールがあるものです。

ところがＪＡＬのグランドクルーは二十五分前に到着した私を受け付け、荷物も検査も超特

急で通して、空港内を移動する車に乗せてゲートまで直行してくださいました。そうした対応にもかかわらず定刻出発を果たしたのもさすがです。

またある時には伊丹空港で搭乗チェックインの際に、

「本日はエコノミークラスが満席で、大変申し訳ないのですが……」

とエグゼクティブにアップグレードしてもらえました。

サービスに感激した思いを伝えたいと、機内にある「お客様の声」という用紙に書いて、

「悪いことは書いてありませんので」

と言って、降りる際にスタッフの方に渡しました。その後、二週間としないうちに封書で

「スタッフをお褒めいただきありがとうございます」とJAL本社から礼状が届きました。

こうしたサービスぶりに感心したことを友人に話したところ、その友人は某社の飛行機で日本へ向かう途中で毛布を頼んだら、持って来てくれたのが到着の一時間前だったとこぼしていました。サービスにおいてJALとは雲泥の差を感じます。

立て続けにJALの素晴らしいサービスに触れた後に、現在私の所属する会社（本社アメリカ）でカスタマーサービスがテーマの研修に参加しました。

「どの会社のサービスがよかったか」という投げかけに対して、JALの体験を発表したところ、その場で研修の講師に、

「あなたのような人は、世の中でよく言う〝high maintenance customer〟（注文が多くて手のかかる客）ですね」

と言われてしまいました。物の見方、とらえ方の違いを痛感したものです。

特別、「二十五分前だが乗せてくれ」と交渉したわけではないのに、嫌な顔一つせずに対応する。そうした姿勢が日本の顧客サービスだと思います。

ちなみに接客といえば、ロンドンでGAPやH&Mといった店の並んだ一角にオープンしたユニクロをのぞいてみた事があります。従業員の中に二人くらい日本人と思しき人がいましたが、日本から来たマネージャーだからと偉そうにすることもなく現地の人に溶け込んでいて、客が手に取って乱れた商品を、目立たないところできれいに畳んでいたのが印象的でした。

それに関連して思い出すのは、I君のことです。私の経営していた英語学校を卒業した日本人学生のI君は、カナダで人気のルルレモンというアパレル関係のショップに就職して、同僚たちに〝Folding God〟（畳みの神様）言われていました。実に日本人らしいことと思います。

32 日本をもっとよくするための私の提案

優先座席

日本人は謙虚で思いやりがあると思うものの、電車の優先座席を利用する姿勢についてはどうかと思います。たとえ優先座席があっても、座っているのはシニアではなく若者や三十代〜四十代の会社員。そんな光景を日本に行くとよく目にします。それには優先座席がどこからどこまでなのかはっきりしていないことが原因の一つと思います。たとえば「この三席が優先座席です」と表示する、あるいは優先座席には地味な色でなく、真っ赤や真っ黄色を使うなど工夫があってもいいと思います。

オーストラリアのゴールドコーストトレインで見た優先座席"priority seats"の制度は明瞭なものでした。学割のチケットで乗車している人は朝七時から十時、夕方三時から五時は座席に座ってはいけないというルールなのです。そこには「お子様連れ、身体の不自由な方、お年寄りに席をお譲りください」といったあいまいさがありません。

その制度で思い出すのは、私が大阪で通学していた頃の事です。電車を三つ乗り継いで通っていたのですが、ある日、電車の中で一人のおじさんが「おい、学割立て！」と言って、その車両に座っていた若者たちの通学定期を次々にチェックして、お年寄りたちに「座ってください」と声をかけていました。その人は高校生だった私の目には変なおっさんというイメージしかありませんでしたが、今の時代にそんなことをすれば殴られたり、下手すれば刺し殺される可能性もあるのではないでしょうか。それを防ぐためにも法律や規則で決めるのがいいのでしょう。

最近では終日または時間帯によっては女性専用車両がありますから、同様にシニア専用車があってもいいと思います。年寄り扱いされたくない人はその車両に乗らなければいいわけです。人への思いやりを重視する国民性が特徴とされる日本人が本当の意味で優先座席や優先車両を利用できる日がはやく来てほしいものです。

声かけ運動

英語圏では、誰でも思ったことを声に出すことが普通です。また同じ英語圏でもアメリカの人の方がカナダの人よりも、"Hi!" "Thank you!" "Excuse me" と声にしていきます。一方、日本の人たちは思っていても声に出さない傾向がありますが、仕事以外でも見知らぬ人にも自ら「おはようございます」「どうぞ」「ありがとうございます」と声をかけていったら生活が潤ってくると思います。海外経験をした人こそ、ぜひ率先して声かけをしてもらいたいものです。

私自身は、日本へ行くとホテルのエレベーターに乗り合わせた人に「お疲れ様」「おはようございます」といった声かけをしています。すると一緒に乗った人の中には、「この人、知らない人なのに」という表情を一瞬見せる人もいますが、たとえ声にはしなくても会釈で挨拶をしてくれることがよくあります。満員電車の中で互いに挨拶というのはなかなかできませんが、日頃、少し笑顔で挨拶してみるといい交流が生まれると思います。よく大人は、今の子どもは挨拶ができないと言いますが、当の大人が知らない人に挨拶されて知らんぷりしているのでは無責任と言うべきものでしょう。

若い人たちに「率先して挨拶を」と勧めると、「声をかけても無視されるから」と返ってきます。でも私は声をかけたいと思う気持ちは、相手がどう反応するかには左右されないものだと話しています。また自分の家やマンションの隣近所の人たちとも挨拶や言葉を交わさないというのもプライバシーの尊重という意味では理解できますが、人間としては淋しい気持ちになります。

日本の良さを伝えるために

以前経営していたバンクーバーの英語学校の学生たちが、自発的に集まって、帰国後の日本を良くしたいと話し合いをしています。そのグループでの願いの一つが、外国の人たちにもっと日本の良さを知ってほしいということです。

それにちなんで私が思うことですが、まず、外国の人は日本に対して東京と奈良や京都など、伝統的なものとテレビ番組の「Cool Japan」に代表されるように日本の新しいものの両方に興味を持っていると思います。私自身も伝統的な日本の雰囲気を求めて、出張時に京都で途中下車し、タクシーを飛ばして竜安寺に行ったことがありました。運転手さんに、

「ぜひ竜安寺で瞑想でもしてきたいと思います」

と言うと、

「お客さん、竜安寺を満喫して帰ってきてください」

とさわやかに送り出してくださいました。

境内を歩いていると、うぐいすの鳴き声が聞こえて、「おおーさすが！　さすが！」と気分は大いに高まり、「さあ、あの静けさのなかで瞑想するぞ！」と意気込んで進んでいきました。

ところが本堂に入ってみると、ものすごい喧騒です。二百人はいたでしょうか。皆、修学旅行生たちです。にぎやかにしている生徒のそばに先生はいても、注意をする様子はありません。刺激を求める高校生たちにしてみたら、こんな静かなところには来たくないだろうと同情します。でもこんな喧騒の中に外国人が来ても、瞑想はおろか、日本の良さを味わうことすらできません。修学旅行の行き先を考え直したらいいのではと思いますし、寺院の方でも、個人と団

体の見学時間を変えるなど工夫が必要でしょう。

また、竜安寺の中では、英語で録音された案内が流れていたのですが、「こんな英語の放送なんてやめちまえ」などと言っている中年会社員もいて、がっかりした思いで竜安寺を後にしたのでした。

33　お金の価値について

「金は天下の回り物」と銀行員だった父から、よく聞かされたものでした。しかし、しがないサラリーマン家庭の我が家には、ぜんぜん回ってこないなと思っていました。自分がサラリーマンになってからも同様で、安月給で給料日までお金がもたないことがしばしばでした。貯金もないので、いつもどうしよう、どうしようと嘆きながら暮らしていて、「一生賃貸で過ごした方がいいか、ローンを組んでも家を買った方がいいのか」――そんな週刊誌の記事を読んでもため息が出るだけ。あの頃は将来自分がカナダで経営者になるなど思ってもみませんでした。

経営者になってからは、「えっ、もう給料日？」という日々になり、よく妻には「自分の給料のチェック（小切手）を自分で切ることができるんだから、こんなありがたいことはない。感謝して過ごそう」と言っていました。また「どのビジネスでもいい状態が続くことはありえない。こんなのは永久に続くわけはないからお金は大事につかわなきゃ」という思いも伝えていました。事実、リーマンショック後にまさかの展開があったのは先に述べた通りです。

会社の経営を通じて、サラリーマンでは扱えないような額のお金が会社の銀行口座に入って、また同じような額が口座から出て行く様子をまざまざと見ることができました。その循環を見ていてこんな風に思いました。世のため人のためになることをして流れてきた、そのお金のおこぼれが自分のところに少し入ってくれれば、それでいいのかなと。世間の人はきれいごとと言うかもしれないけれど、そんな思いでいます。

お金と言えば、前著にも書きましたが、高校時代の友人との間で印象深い経験があります。高校二年の修学旅行で質屋の息子である友人が「君がお金に困っているんだったら、僕と友達でいてくれたら、君の面倒を一生みてもいいよ」と言ってくれたことです。彼は自分の家のお金について「人が困って物を入れて、それが流れてお金になったものだから、決してきれいなお金じゃないんだ」と言っていました。当時の私は、単純にお金はあったほうがいいもので、「きれい」「汚い」という発想など持っていませんでしたから、ある意味新鮮な思いでした。彼はお金との向き合い方を教えてくれた気がします。

お金のやり取りに関する自分のスタンスを言えば、昔も今も変わらないなと思います。上司に誘われて飲み食いしても、「上司が出して当たり前」ではなくて、「もう交際費がないから……」と上司に言われれば、自分が払うというのを平気でしてきました。周りの人から「どうしてお前が払うのか」と言われたりもしますが、それはまったく気にせずやってきました。

お金がからむと人が変わってしまいがちですが、お金のことで争いが起こったり、身内で醜いもめごとがあったりするのは寂しいことだと思います。お金を発明したのも人間ですし、それで何かを失くしてしまうのも人間かなと思います。お金への執着を捨てる努力をしていけば、もっと自分の自由や幸せがつかめるような気がします。

父が亡くなった時に、兄の態度がどこかよそよそしく感じられ、それが相続に関係しているのだと察しました。そんなことを悩んでいた時に少し不思議な出会いがありました。

出張中、新幹線に乗っていた時のことです。頭の中は相続のことでいっぱいでした。私の車輌には、私以外に一人だけが乗っていました。恰幅のいい外国人紳士で、その人がやけに目に付きました。社内販売の売り子さんが来るたびに、そのワゴンごと買ってしまうような勢いで次々と、やれワインだ、ビールだとバンバン買っているのです。その紳士とパッと目が合って、近くで話をすることになりました。

賢者の趣のその紳士はインド人で、日本に来て二十数年だと言いました。その落ち着いた雰囲気に促されて私は頭の中で渦巻いていた財産放棄をすべきかどうかというシリアスな話題を初対面の彼に話してしまいました。インド人賢者の教えはこうでした。財産放棄したい気持ちはわかるけれども、形としては適当でない。少しの額でもいいから、それは請求しなさい、それが社会としての一つのルールである――。

その話には説得力がありました。しかし、自分の気持ちの落ち着きどころとして、結果的にはそれには従わずに兄に財産放棄を申し出ました。するとその話の後に、兄からは小額の借金も頼まれ、それも引き受ける形となりました。そのお金はあげたつもりでしたが、兄は約束通り返してくれました。その後、また別の人から貸してくれと言われた額がちょうどそのくらいで、返ってきたお金を使ってまた貸すことになりました。自分にそのお金がないと暮らしていけないなら別ですが、そんな形で人のお役に立つのなら、それがお金の価値なのかなと思います。

財産を放棄した結果、ぎくしゃくしていた兄との距離が縮まり、兄の家族と楽しく団欒できる関係が続いています。人はお人良しというかもしれませんが、それでよかったと思っていますす。お金を持って死ぬことはできないものだし、必要以上のお金は人のために役立てることができれば、それがいずれ何らかの形で自分に返ってくるような気がしています。

34　三十五年の時を越えた再会

そこはカリフォルニアのサクラメント空港、ターミナルで私はある昔の友人の到着を待っていました。なんと声をかけようかと考えていたその時、後ろから「サミー！」と懐かしい声が聞こえてきました。そして二人は三十五年前にタイムスリップしていました。

ＪＡＬの機内で手にした週刊文春。そこで見つけた渡辺淳一氏のコラムは「いかに自伝を書くか」がテーマでした。まさに私はこの本を書いている最中でしたから、食い入るように読み進めました。「気の向くままに」「昔の彼女のこと」「主観的で結構」がキーワードでした。「昔の彼女のこと」は、前著の時から触れようと思いながらもどうしようかと躊躇していた事柄です。いずれは腹をくくらなければとも思っていましたので、渡部氏の考えに興味をそそられました。そこには「他の人に読まれたら、妻に読まれたら」というくだりで、「男は振り返る性。女は振り返れない性。もし妻が読んでも『へへへ』とせせら笑うだけ」と書いてありました。そうか、ならばと思い、このことに触れたいと思います。

二十代で米国に留学中、私の意中の女性は日本生まれ、アメリカ育ちの人でした。小学六年生の時から父親の駐在でアメリカに来ていて、アメリカの大学在学中に私との出会いがありました。

お互い気持ちが通じあい、楽しい時間を共有していました。私自身は日本に帰ることしか頭にありませんでしたから、私がアメリカの大学を出たら東京に行って二人で一緒に暮らそうと話を持ちかけていました。しかし、ずっとアメリカで生活を続けてきた彼女は、日本行きに踏み切れない気持ちを抱えていたのです。こればかりは仕方のないことだと思いました。彼女の意思を強引に曲げて連れていくことなどできません。

「僕たちが付き合い続けていてもこれは実らぬ恋だから。進む方向がお互い違うから――」と彼女だけでなく自分に言い聞かせるようにしながら、合意の上で別れることにしました。ドライに割り切って出した結論でしたが、その後まもなく彼女が私の知っている別の日本人の学生と付き合い始めたのは癪に障りました。

私はその後予定通り日本に帰りました。彼女はというと、その日本人男性と結婚して日本に住み始めたのです。話が違うじゃないか、どうしてなんだという割り切れない思いがありました。そして、共通の友人の結婚式の会場で、私たちはばったり会ってしまったのです。その再会した場に流れていたよそよそしい空気は耐えがたいものでした。私は前妻を伴っていて、前妻は何かを感じ取ったのか「何よ、この女性」という態度で私に当たってきます。それは彼女と別れてから十数年経ってからの出来事でした。

「おい、サミー。このYOKOというのは、お前が付き合っていたヨーコかよ」

数年前、留学時代のルームメイト、岩瀬からのメールがありました。フェイスブックで見つけたというのです。

「えっ？　それ誰？」

と反応して、名前だけ見ても学生時代の名字でないのでわかりませんでしたが、写真を見てみたら、それは確かにヨーコでした。

そんなことからフェイスブックでかつての友人たちとまたつながり、当時のみんながアメリカのサクラメントに集まることになりました。

三十五年前はお互いに好きな気持ちがありながら終わりにしたという、ある意味不自然な別れ方をしました。それに対してお互いがすっきりしていないので仕切り直しをしたい。友人の結婚式で会った時の嫌な思いも解消したい。そんな思いがありました。

彼女から当時の思いを聞きました。

日本に行くのかアメリカに残るのか――遠距離恋愛など考えられなかった私たちにとって、それは二人の関係を決める選択でした。当時大学2年生だった彼女は、在籍するアメリカの大学を卒業したいと強く思いながらも、私との日本での暮らしも考え、東京の国際基督教大学への編入を申請していました。日本かアメリカかと揺らいでいた彼女に私は決断を迫り、彼女は悩みに悩んだ末にアメリカでの卒業を選びました。それが二人の別れを決め、互いに離れていったのですが、その直後に東京の大学から編入許可が下りて、再び彼女の気持ちは揺れたそうです。しかし、もしそのことを私に言えば、二人で出した結論も揺らぐと思ったそうです。

「とてもサミーには言えなかったの」

そう打ち明けてくれました。

彼女がアメリカの大学を卒業後に日本での暮らしを選んだことに割り切れない思いを抱いていた私でしたが、彼女としての当時の精一杯の思いを聞いて、長年心にあったしこりが解けていったのでした。

彼女の結婚生活はうまくいかなかったようでした。夫は病死し、現在彼女には別の彼がいます。私は私で再婚しており、家庭もあります。お互い変な気持ちはなく、この再会で座りの悪かった気持ちも解消され、今ではフェイスブックなどでやり取りを続ける親友となっています。生きているとこんな素晴らしいことがあるんだなと思います。

35 マークマツダ氏との出会い

「ぜひ私の母校の大学の学生に向けて英語研修を行ってください」

バンクーバーで経営していた英語学校に、卒業生の松尾さんがやってきて私に言いました。彼は母校である大阪の私立大学内の国際センターという部署で働き始めていて、大阪からわざわざこの要望を伝えに来たのでした。

大学側の要望は、英語研修の実施に加えて、インターンシップ（就学実習）もぜひ手配してほしいというものでした。それを受けて、英語研修とインターンシップ、それぞれ四週間と設定して実際にプログラムを開始しました。ところが四週間の英語研修だけでインターンシップを受け入れてもらえるだけの英語力に達する学生が現れません。そのために、インターンシップの受け入れ先の企業がなかなか見つかりません。それでも大学側は受け入れ先の企業を探すよう要求してきました。確かに仕事には英語力だけでなく、積極性なども大事だからと、翌年はインターンシップ実施の英語の基準を若干下げてみましたが、それでもうまく行きませんでした。

改善策を松尾さんと話し合った際、八週間の短期研修では良い結果が見込めないので、確実な英語力を付けさせるためには、六カ月間の腰を据えた研修が必要であることを強調し、教授会を巻き込んで単位認定のプログラムをやってはどうかと提案しました。

それから一年後のある日、彼からマークマツダという新しい国際センターの所長が、私の学校を視察に行くのでよろしくと連絡がありました。あいにく私は出張中でしたが、マツダ氏はカナダにやってきて、私の学校のある取り組みに注目しました。それは自己主張や問題解決能力、論理的思考力養成のためのプログラムでした。それはマツダ氏が追い求めていたものだったようです。そして「ぜひ我が大学と提携を」と伝えてきたのです。

彼と実際に会って話ができたのは二〇〇六年のクリスマス前の頃、彼の出身地、ハワイのホノルルのイタリアンレストランでのことでした。互いに意気投合し、時間の経つのを忘れて、五、六時間話し込んだことを覚えています。彼とのその後の話し合いで掲げた目標は、私の学校での英語研修を受講することで、TOEICの得点を一年目で五百点、二年目で六百点、卒業時には七百点を達成することです。しかも英語力をつけるのみが目的ではなく、マツダ氏が「グローバルライフスキルズ」と呼んでいる前述の自己主張や問題解決能力、そして論理的思考力をもある程度、身につけて日本へ戻るという構想でした。

こうした私の学校での学習が大学の単位として認められるようになるには、文部科学省の認可を取りつけることが必要です。マツダ氏はこの計画を教授会に持ち込みましたが、教授たちからは「民間の英語学校との提携など前例がない」「君はサミー高橋から賄賂をつかまされているのではないか」などと非難の声が上がりました。そんな中、マツダ氏は努力を惜しみませんでした。教授会の場で私がプレゼンテーションをする機会を設定したり、自分らしい生き方について私が学生たちに講演をするよう取り計らったりして、この計画を受け入れる大学側の土壌作りに奔走しました。そして非難の声に対しては「いいものはいい」と主張し、孤軍奮闘してきたのです。そこには「学生たちになんとか英語力と自立心を付けさせたい」というマツダ氏の熱い思いがありました。

努力の末、私の学校での学習内容を踏まえた、教授たちによる授業内容のすり合わせも進み、カナダでの履修内容が文部科学省から大学の単位として認められるに至りました。つまり、日本の大学と民間語学学校との日本初の提携が実現したのです。

この一大計画実現の立役者となったマークマツダという人物は、日系二世で、米国の大学を卒業後、日本の私立大学で修士を取得しています。この大学の学長夫人が日系アメリカ人であることから、マツダ氏が夫人の目に留まり、彼が大学改革の切り込み隊長として任じられたのです。

大学内をマツダ氏と二人で歩いていた時、私は、

「きっとこの先、ここのどこかに君の彫像ができるよね」

と冗談まじりに言いました。ここの学生たちが、これからの社会の激しい生存競争の中でも力強く進んでいくことができたら、その功労者としてマツダ氏が称えられるだろうとの思いからでした。しかし彼は、なかなか思ったように大学改革が進まないことにもどかしさを感じていました。

「自分は懸命にやっているけれども、もしこの環境の中でやれることに限界を感じたなら、たとえ学長が残ってくれと懇願したとしても、この大学を去らざるを得ないと思う。自分を生かして仕事をしていきたいからね。でも去る時までにはなんとか学長の思いを遂げられたらと思う」

そんな話をあれこれしている時に、マツダ氏が、

「おい、サミー、うちの大学に来ないか。勉強だけでなく、学生の自立心を養うようなプロトタイプを二人で作ろう。日本のモデル校になるような大学を作っていこう」

と声を掛けてくれました。その思いがけないマツダ氏からの誘いには感動しました。

その話にはきっかけがあります。彼がバンクーバーに来て一緒に食事をしている時に、

"Sammy, what is your legacy?"

と私に聞いてきました。私は「自分のレガシー」という言い方がどういうことを意味するのかわからず、その場で回答ができませんでした。家に帰ってレガシーを調べてみると、「生きた

証として残すもの」とありました。

それから半年か一年経って、マツダ氏と再会した時に言いました。

「マーク、君は僕に"What is your legacy?"って聞いたよね。あの時には答えが出てこなかったけれども今なら言えるよ」

そしてこう伝えました。日本人はエコノミック・アニマルと呼ばれながらも経済活動に精を出したおかげで、世界経済でのリーダーに踊り出ることができた。でも政治経済の点だけでなく、精神的な意味で世界の人たちから尊敬されるようなこれからの若者たちを育成することが自分のレガシーではないかと。

そうした意味において、今後もマツダ氏がビジョンを描き、推進していこうとする学生の養成に、直接もしくは間接的にでも関わっていけたらと思っています。

◎ プロフィール ◎

サミー高橋

1974年、関西大学法学部を卒業後渡米、カリフォルニア州立大学フレズノ校言語学部にて英語教授法を専攻し、卒業後に帰国。日本の複数の英会話スクールで勤務した後、1991年、日本の大手英会話スクールのカナダ・バンクーバー校立ち上げに志願し、カナダに移住。その後、会社の経営不振を受けて、カナダ校も閉鎖に追い込まれるが、自分の夢である学校の存続への切望と努力の先に思いがけぬ展開をみる。1994年、新たに英語学校設立。その後、同国ビクトリア、トロント、オーストラリアのシドニー、ブリスベンに直営校を展開。しかし、リーマンショックのあおりを受けて経営難に。現在は会社を手放したが、英語教育界で仕事を続け、自由な立場からグローバル人材の育成に当たっている。「いかなる状況においてもポジティブに考えよ」が持論。学生には「大いに生意気であれ、しかし礼儀を忘れてはならぬ」と教え、自らを「Sammy」と呼ばせている。2007年、著書『きっと君にもできる―英語で夢をつかんだ私の生き方』（文芸社）を出版。

自分《じぶん》を生《い》きれば道《みち》は開《ひら》ける

内《うち》なる声《こえ》の導《みちび》き

サミー高橋《たかはし》

明窓出版

平成二十五年五月二十日初刷発行
編集人 —— 平野 香利
編集 —— 明窓出版カナダ支店
発行者 —— 増本 利博
発行所 —— 明窓出版株式会社
〒一六四—〇〇一二
東京都中野区本町六—二七—一三
電話 (〇三) 三三八〇—八三〇三
FAX (〇三) 三三八〇—六四二四
振替 〇〇一六〇—一—一九二七六六
印刷所 —— シナノ印刷株式会社
落丁・乱丁はお取り替えいたします。
定価はカバーに表示してあります。

ISBN978-4-89634-327-4

ホームページ http://meisou.com